2020
김유정문학상
수상작품집

2020 김유정문학상 수상작품집

우리는 어디까지 알까

1판 1쇄 발행 | 2020년 10월 25일

지은이 | 정지아 김혜진 박민정 박솔뫼 임솔아 장류진 조경란
펴낸이 | 정홍수
편집 | 김현숙 임고운
펴낸곳 | (주)도서출판 강
출판등록 | 2000년 8월 9일(제2000-185호)

주소 | 서울시 마포구 동교로 17안길 21(우 04002)
전화 | 02-325-9566
팩시밀리 | 02-325-8486
전자우편 | gangpub@hanmail.net

값 12,000원
ISBN 978-89-8218-266-2 03810

이 도서의 국립중앙도서관 출판예정도서목록(CIP)은 서지정보유통지원시스템 홈페이지(http://seoji.nl.go.kr)와 국가자료종합목록시스템(http://www.nl.go.kr/kolisnet)에서 이용하실 수 있습니다. (CIP제어번호 : CIP2020041316)

* 잘못 만들어진 책은 구입처에서 교환해드립니다.

2020
김유정문학상
수상작품집

차 례

심사 경위

김유정기념사업회가 주관하는 김유정문학상이 어느덧 열네번째에 이르렀다. 올해는 2019년 7월부터 2020년 6월까지 발표된 중단편 소설을 대상으로, 8월 2일까지 심사위원으로 위촉된 문학평론가 김경수, 신수정, 정홍수 선생이 5편의 소설을 추천하고 여기에 심사위원장을 맡은 소설가 이승우 선생이 다시 2편을 더 추가하여 본심을 진행하기로 했다. 8월 20일 심사위원들은 추천 작품 가운데 중복된 작품을 제외한 총 15편의 작품들 중에서 7편의 작품을 후보작으로 추렸다. 그렇게 해서 김혜진의 「3구역, 1구역」, 박민정의 「신세이다이 가옥」, 박솔뫼의 「영화를 보다가 극장을 사버림」, 임솔아의 「그만두는 사람들」, 장류진의 「연수」, 정지아의 「우리는 어디까지 알까」, 조경란의 「가정 사정」이 후보에 올랐다. 8월 27일 수상작을 결정하는 회의가 열렸다. 심사위원들은 최근 한국 소설의 흐름을 포함해서 후보작들에 대한 오랜 논의 끝에 정지아의 「우리는 어디까지 알까」를 수상작으로 결정했다. 제 나름의 개성을 자랑하는 다양한 작품들 가운데 어느 한 편을 특정한다는 것은 늘 그렇듯 쉽지 않은 일이었으나 생의 이면을 성숙하게 감싸 안는 수상작의 깊이 있는 시선에 심사위원들 전원은 공감하지 않을 수 없었다. 수상자에게 축하를 전한다.

심사위원 **이승우, 김경수, 정홍수, 신수정**(대표 집필 : 신수정)

심사평

이승우 _ 소설가 · 조선대 교수

“사람의 복잡한 심사라고는 눈곱만큼도 모르는, 좋게 말하면 천진난만, 나쁘게 말하면 바보천치 같은” 한 인물의 평탄하지 않은 삶을 그리고 있는 정지아의 「우리는 어디까지 알까」는 상대적으로 커진 작가의 악력이 지배하는 듯한 최근의 소설이 놓치고 있는 서사의 힘을 보여준다. 왜소해진 인물과 쪼가리 이야기에 익숙한 독자들에게 이 소설은 현실의 사람 이야기, 이른바 인생 서사를 펼쳐 보임으로써 소설 본래의 자리를 상기하게 한다. 몇 개의 에피소드만을 가지고 한 인물의 전 생을 보여주는 솜씨가 능숙하고, 한 개인의 삶이 역사와 사회라는 힘센 요소들에 의해 조형된다는 사실을 티 내지 않고 말하는 화법이 탁월하다.

그러나 이 소설이 진짜로 겨냥하고 있는 것이 인생의 어쩔 수 없는 영역이라는 것을 독서 도중 깨달을 때 작가의 솜씨에 대한 헤아림은 부질없는 것이 되고 만다. 함부로 규정하거나 무엇으로도 납득시킬 수 없는 한 사람의 맨몸의 삶이 육박해와 먹먹해지지 않을 수 없다. 그래서 꾸며낸 이야기를 읽고 있다는 사실을 잊어버린다. 어떤 공교한 기술로도 삶의 진면목은 표현되지 않는다. 제법 냉정한 독자에 속한다고 자부하는 나는 심사자의 신분을 잃고, 흔들리지 않는 균형을 마지막까지 유지하며 충실한 해설자의 역할을 다하는 화자의 냉정함에 화를 낼 뻔했다. "술 하나를 맘대로 못해? 그게 사람이야?" 하고 말하는 화자 '나'의 '이성의 말'보다 "사는 거이 다 맘대로 된다디야?" 하고 말하는 '엄마'의 '인생의 말'에 일찌감치 이입해버려 생긴 현상이다. 위암 환자에 알코올중독자인 기택은 온 세상이 시커매서, 그 시커먼 것이 목을 조르는 것 같아서 잠을 자지 못한다고 한다. 그래서 술을 마신다고, 술을 마시면 잠들 수 있다고. 사리분별력 뛰어난 화자는 그것이 알코올중독에 의한 섬망 증상이라고 충실하게 해설한다. 손색없는, 냉정한 이 코멘트로 인해 기택의 비극은 한층 고양된다. 술을 마셔서 세상이 새까매진 것이 아니라 세상이 새까매서, "세상이 새까만 허방"이어서 술을 마신 것이 진실 아닌가. 그래서 질문이 생긴다. 세상이 새까만 허방일 때 사람이 무엇을 할 수 있겠는가? 화자가 아니라 인물 편을 들기 시작했으니 제대로 심사하기는 틀린 셈이다. 다른 심사자들이 이 작품의 훌륭함을 요령 있게 설명해주어서 다행이다. 나는 그분들의 선택에 이의를 달 이유를 찾을 수 없다.

작가는, '우리는 어디까지 알까?' 하고 묻는다. 이 의문형은 우선은 한 인물의 삶에 대한 타인의 앎/모름의 문제를 겨냥하지만, 거기서 그치지 않고 각자의 삶에 대한 자신의 앎/모름을 향한다. 이 소설을 '인생 서사'라고 부를 수 있는 것은 특별한, 특별히 불행한 한 개인의 삶을 우리에게 구경시키는 것이 아니라 '알 수 없음'과 '어쩔 수 없음'이라는, 인간의 운명을 똑바로 보게 하기 때문이다. '알 수 없음'은 '어쩔 수 없음'과 한 짝이다.

소설은 눈앞의 새까만 어둠 때문에 잠들지 못하는 기택에게서 빛을 보는 것으로 끝나지만, 이미 비극적 인물에 깊이 이입해버린 독자는 그 암시적이고 막연한 문장으로부터 어떤 위안도 받지 못한다. 아니, 위안은, 대부분의 좋은 소설이 그런 것처럼, 이 소설의 임무가 아닐 것이다. 이 소설은 인생의 '어쩔 수 없음'이라는 익숙한, 굳은 명제를 생생한 인물의 이야기를 통해 낯설게 살려낸다. 정서적 카타르시스가 아니라 반박 같은 질문이 새로 생기고, 쉬 사라지지 않는다.

김경수 _ 문학평론가 • 서강대 교수

정지아의 「우리는 어디까지 알까」는 단편소설이 어때야 하는가를 보여주는 수작이다. 정지아의 소설은 소설이 복합적인 이야기를 들어달라고 강요하는 장르가 아니라 몇몇 풍경을 통해 은근슬쩍 말을 건네는 장르라는 점을 실증하고 있다. 이 소설은 어릴 적 어떤 사건으로 아버지와 마을 사람들이 국군에 의해 죽임을 당한 장면을 목도한 아들의 허망한 삶과, 그런 아버지 밑에서 태어났으나 다시금 현실의 질서에 순응하지 못하고 술의 힘을 빌려 살다가 병든 아들의 운명 같은 삶을, 사촌누이의 따스한 시선으로 그리고 있다. 작품에서 그 역사적 사건은 명시적으로 말해지지는 않으나, 이야기의 배경과 인물들의 방언으로 미루어보면 짐작이 가능한 사건이긴 하다. 하지만 작가는 그것을 명확히 말해주지 않는데, 그것은 그런 역사적 배경을 삭제하더라도, 이 작품이 전하는 바 역사적 상처를 제 몫으로 안고 견디듯 살아가야 하는 한국인 일반의 운명의 조건에 대한 관찰이랄까 연민이 선명히 전달되고 확장될 것이라는 생각 때문일 것이다.

현재 활동하는 작가 가운데 한 개인의 삶이 그가 속한 가족의 운명으로부터, 그리고 가족이 살았던 시대적 상처로부터 결코 멀리 달아날 수 없다는 것을 중층적으로 보여주는 작가는 그리 많지 않다. 젊은 작가들의 소설에서 쉬 볼 수 없는 이런 시선은 모르긴 해도 작가 자신의 연배와도 무관하지 않을 텐데, 그럼에도 불구하고 정지아는 드러내놓고 그런 경험에 어떤 가중치를 두지는 않는다. 오히려 정지아는 젊은 독자들도 친숙할 현실의 세부를 그려내면서 그런 현실의 배면에 놓인 가족과 같은 공동체의 삶의 역사를 낮은 목소리로 말한다.

개인적 성정 탓이든 시대적 환경 탓이든, 한 인간이 살아가는 삶의 허방을 짚어내고 그것에 적절한 표현을 주는 일은 소설적으로도 쉽지 않은 일이며, 나아가 그것을 치유할 가능성을 자신의 몫으로 받아들이게 되는 힘겨운 과정을 그리는 것도 결코 쉽지 않은데, 이 작품에서 정지아는 그런 작업을 아무렇지도 않게 해내고 있다. 특히 소설의 결말에서 아무렇지도 않은 풍경 속에 자신이 담고자 하는 주제를 무리 없이 담아내고, 나아가 그 속으로 독자마저도 유인하는 힘을 지닌 풍경을 축조하는 정지아만의 작법은 남다르다. 이 소설의 결말에서 그려지는 복합적인 풍경만 보아도 그것은 쉽게 납득할 수 있을 것이다. 결말의 힘에 대해서는 김유정 또한 남다른 경지를 개척했던 작가라고 할 수 있는데, 이 점에서 정지아의 김유정문학상 수상은 아주 적절해 보인다. 수상을 진심으로 축하한다.

정홍수 _ 문학평론가

근자에 와서는 많이 익숙해지기도 했지만, 이번 김유정문학상 심사 과정 역시 한국 소설에 거세게 일고 있는 여성 서사의 흐름을 새삼 확인하는 시간이었다. 일견 시효를 다한 채 거의 마지막 숨을 이어가고 있는 듯 보이기도 하지만, 또 다른 한편으로 그것이 지속된 장구한 시간만큼이나 끈질기게 우리 삶의 온갖 부면에 깊게 뿌리내린 채 변형/재생산되고 있는 남성 중심 가부장제의 부정적 현실과 문화는 지금 이곳 한국인의 이야기를 규정하고 형성하는 가장 강력한 서사소가 되고 있다. 좀 더 정확히 '가부장제 비판'은 최근 한국 소설이 재현하고 구성하는 사회성의 국면, 정치성의 지점을 그것 없이는 가능하지 않은 것으로 만들고 있다. 어쨌든 우리가 살고 있는 세계가 지금 여러 차원에서 꽤 큰 전환의 문턱에 있다는 느낌은 분명하며, 고통과 차별, 가려지고 지워진 시간을 새롭게 증언하고 발견하면서 다른 세계의 가능성을 구축하고 그려보는 일은 한국 소설의 강렬한 현재가 되고 있다. 그러나 우리가 문제 삼는 것이 문학이고 소설이라고 한다면, 그것은 언제든 복합적이고 중층적으로 뒤얽힌 우리네 삶의 시간에 대한 생생한 응시와 성찰에서 일어나는 언어의 창조여야 할 테다. 또한 그럴수록 자명해 보이는 이야기의 시선과 목소리까지 다시 질문에 부치는 일이 되어야 할 것이다. 소설이, 혹은 소설 쓰기가 세상의 중요한 작동에서 비켜 있고 무심하게 일어났다 사라지는 많은 일 중의 하나라는 사실이 반드시 우리를 기운 빠지게 하는 것만은 아니리라.

이번 심사 과정에서 만난 많은 작품들은 바로 그 언어의 찰지고 개성적인 창조를 통해 전환과 지속의 현실이 교차하는 모순과 혼돈의 시간을 다채롭게 드러내주고 있었다. 화자 장치를 어떻게 활용하든 대체로 두드러지는 내포작가-일인칭의 목소리는 이들 작품이 담아내고 있는 뜨겁고 절실한 진정성의 자리를 생각하게 해주었다. 그러니까, 끊고 싶고 넘어서고 싶은 앞 세대 여성들로부터 흘러나오는 불편하지만 부정할 수 없는 응원과 연대를 조용히 끌어안는 시선이 있고(마음과 감정의 정확한 분할의 언어가 그것을 가능케 했으리라), 재개발지역의 메마른 시간을 배경으로 버려진 고양이들과 두 여성의 이야기를 감싸고 있는 아직 일어나지 않고 말해지지 않은 것들의 희미하지만 절실한 환기의 언어들이 있고, 차가운 세상의 풍경에 한 가족의 시련을 섬세하게 교직하면서 끝내는 '고독'이라는 작가 고유의 인간 이해로 우리를 데려가는 이야기가 있고, 여백을 환기하는 주밀하고 세련된 화법 속에 적산가옥이라는 특별한 장소에서 발굴해내는 '여성혐오'의 뼈아픈 이야기가 있으며, 프레임 바깥에 놓인 세대의 시선과 감각으로 연신 우회하고 겉돌면서도 지나간 역사와 시간을 현재라는 또 다른 감당하기 힘든 지평 안에서 숙고하는 이상한 리듬으로 살아 있는 언어들이 있고, 탈주와 고립의 이미지를 쌓아가는 가운데 떠나고 그만둘 수밖에 없는 어떤 이들의 이야기(어쩌면 한국 소설에는 처음 도착한 시간과 경험일 수 있다)—그 '얼음의 언저리'를 걷는 듯한 시간과 그들 사이의 막막한 연결에 대해 말해보려는 이야기가 있었다.

2020년 제14회 김유정문학상 수상작으로 결정된 정지아의 단편소설 「우리는 어디까지 알까」는 함께 읽은 작품들이 그러했던 것처럼, 많은 부정적 풍문과는 달리 지금 우리에게 소설이라는 오래되고 특별한 이야기의 형식이 여전히 필요하고 절실하다는 것을 가슴 벅차게 느끼게 해준다. 이 소설에서 아버지와 아들, 한 부자 세대를 끝내 무너뜨리는 '검은 허방'은 역사적 상처의 특권을 주장하지 않는다. 신산한 삶의 이야기들 안에서 사촌 택이와 '짝은어매' 사이에만 주고받음, 서로를 살게 하는 힘이 존재하는 것도 아니다. 역사를 포함해 그 몹쓸 가부장제의 폭력과 그늘을 가장 많이 감당해야 한 것은 큰어매와 짝은어매, 그리고 소설 화자 '나'와 같은 여성들일 테지만 그런 가운데에서도 누군가는 누군가를 살게 하고 버티게 만든다. 그런 주고받음이 반드시 공평하게 일어나는 일이 아님을 응시하는 소설의 시선은 서늘하고 아프기까지 하다. 일견 선명하게 보이는 듯하나 정작 안으로 들어가면 뭉뚱그려지고 막막해지기만 하는 사람살이의 경계를 생생하고 끈덕진 입말의 현장성으로 부조하면서 정지아의 소설은 역사나 이념의 기호가 실체화할 수 없는 삶의 흐릿한 실루엣 앞으로 끝내 우리를 데려간다. 화자가 사촌 택이에게서 키를 빼앗아 반쪽 유령이 된 그이를 차에 태우고 가는 소설의 마지막은 내가 최근에 읽은 가장 가슴 아픈 장면이다. 그러나 그렇게 허청허청 집으로 걸어가는 택이에게도 한낮의 햇볕이 내리쬐고, 망연히 주저앉은 화자에게도 반쯤 죽은 팽나무의 그늘이 드리우는 것이 세상의 무심함이라면, 정말 우리는 어디까지 알 수 있는 걸까. 그러나 우리는 이게 흔한 '불가지론'으로의 퇴행이 아니라는 걸 안다. 앎과 모름의 경계는 매번 우리가 우리의 삶을 내어주면서 묻지 않으면 모습을 드러내지 않는다. 소설이 그 막막하고 필사적인 질문의 한 방식이라는 걸 정지아의 소설은 묵직한 감동 속에 입증하고 있다. 그래, 정말 우리는 어디까지, 얼마나 알고 있는 것일까. 수상을 축하한다.

신수정 _ 문학평론가 • 명지대 교수

김혜진의 「3구역, 1구역」은 재개발이 진행된 구역과 그렇지 않은 구역을 배경으로 길고양이를 돌보는 두 여성의 이야기를 펼쳐놓음으로써 오늘날 우리 사회의 가장 첨예한 이슈라고 할 수 있는 계급과 젠더가 상호 교차하는 지점을 예리하게 포착해낸다. 사회성 짙은 테마를 내면화하는 정교한 디테일과 어느 하나로 정리되지 않는 다양한 이해관계의 선들에 관한 소설화 과정이 인상적인 작품이었다. 박민정의 「신세이다이 가옥」은 입양아의 귀환을 소재로 하고 있는데, 이 입양이 가계의 종속을 도모하는 여성(할머니)에 의해 이루어진 것이라는 점에서 그간의 남성 주도 가부장제에 대한 비판과 결을 달리함과 동시에 가부장제가 여성을 공모자로 끌어들이는 지점을 예리하게 드러내고 있어 문제적이었다. 이 작가 특유의 취재에 근거한 방법론이 서울의 공간지지학과 맞물려 후암동의 적산가옥을 한국 사회에 대한 하나의 메타포로 내세울 수 있었던 것은 가외의 소득으로 여겨진다. 박솔뫼의 「영화를 보다가 극장을 사버림」을 흥미진진하게 읽었다. 표면적으로는 이 작가의 '광주' 연작의 하나로 보이지만 이 소설에는 그간의 작품들과 구별되는 어떤 진전의 기미가 두드러져 보인다. 이를테면 그간의 소설이 '영화'(작품)에 치중하고 있었다면, 이번 소설은 영화가 아니라 '극장'(삶)에 포커스를 맞추고 있다고 할까. 세월이 흘러 어떤 일의 '사건성' 자체가 또 다른 맥락을 형성할 때, 우리는 그때에서야 비로소 그 사건의 의미를 이해하게 되는지도 모르겠다. '광주'가 어느덧 그런 시간을 획득했다는 사실을 이 소설은 별일 아닌 것처럼 불현듯 상기시킨다. 임솔아의 「그만두는 사람들」은 시간의 불가역성을 자의적으로 끊어버린 자들의 이야기다. 모종의 사건에 연루되어 무리로부터 이탈해 홀로 섬을 찾은 화자가 들려주는 노루섬의 노루 이야기나 사비나가든의 일화에서 드러나듯 이 소설은 시적 여운에 힘입어 '지속' 대신 '단절'을 이야기하는 발상의 전환이 대단하다. 젊은 작가의 패기가 아니고서는 포착하기 어려운 대목 같다. 장류진의 「연수」는 운전시험 낙방을 유일한 인생 실패담으로 꼽고 있는 엘리트 여성이 운전 연수 강사와의 만남을 통해 운전 혹은 삶에 대한 공포와 긴장을 극복하는 이야기다. 요약하고 보면 하나의 일회적 사건에 불과한 것으로 보이기도 하는 이 소설은 연수 과정의 구체성과 디테일에 관한 적절하고 위트 넘치는 완급 조절이 일품이다. 이 작가는 새로운 형태의 모녀 서사, 예컨대 시니어와 주니어 여성 사이의 미묘한 입장 차이를 넘어서는 연대의 가능성을 가장 남성적인 에피소드라고 할 수 있는 '운전 연수'를 통해 반어적으로 보여주고자 한 것이 아닐까. 조경란의 「가정 사정」을 기쁘게 읽었다. 오랜만에 발표작을 읽기도 했거니와 '봉천동' 시리즈를 잇는 가족 이야기, 특히 아버지와의 관계 설정이 인상적이었다. 옷 수선 과정을 소설 쓰기의 문제로 치환하는 과정의 노련함과 절절함이 심금을 울리는 가운데 딸과 서먹한 관계를 유지하던 아버지의 일상이 '가정 사정'이라는 단어와 더불어 딸의 삶 속으로 스며드는 결말 부분은 이 작가의 녹슬지 않는 소설적 관심사를 확인하기에 부족하지 않았다.

2020년 열네번째 김유정문학상 수상작으로 결정된 정지아의 「우리는 어디까지 알까」의 주인공은 작가와 거의 등신대로 등장하는 화자의 사촌 '기택'이다. 삶에 대한 '악의'라곤 찾아볼 수 없는 그가 이런저런 삶의 고비를 지나 위암 수술을 받고도 술을 끊지 않은 채 여전히 알 수 없는 운명의 '허방'과 사투를 벌이고 있는 장면을 포착하고 있는 이 소설은 무엇보다도 말의 의미 그대로 '진짜'로 보인다. 기택의 선택을 나무라고 삶의 방향으로 돌려놓고자 애쓰는 화자에게 "사는 거이 다 맘대로 된다디야?"라고 일갈하는 어머니, 즉 기택의 '짝은어매'의 목소리는 근자에 들어보지 못한 소설 장르 본연의 울림이라고 할 만했다. 어떤 삶은 아닌 줄 알면서도 그것밖으로 나가지 못할 수도 있다는 것, 그것이 "당신 아버지와 동네 장정 스무 명이 국군 총에 맞아 죽는 걸" 지켜볼 수밖에 없었던 가계의 내력과 무관하지 않다는 걸 조용히 응시하고 있는 이 소설을 통해 우리 소설의 역사적 상상력이 비로소 운명의 단계로 내면화되고 있음을 확인하게 된다. 어쩌면 그것은 이 작가가 가장 잘할 수 있는 영역 같기도 하다. 수상을 축하한다.

수상 소감

「우리는 어디까지 알까」는 지지난해 세상을 떠난 제 사촌 동생으로부터 시작된 이야기입니다. 가족 외에, 어쩌면 가족조차 잊어버렸을 그의 누추한 삶에 김유정문학상 수상이 작은 위로나마 되면 좋겠습니다. 누추한 너의 삶이 여러 사람의 마음을 위로했노라, 전하고 싶습니다. 수상 소식을 들은 지 나흘이 지났습니다. 지난 나흘간 아흔다섯이신 어머니께서 구름 위를 걷는 듯 즐겁다고 하십니다. 너무 행복해서 밥이 넘어가질 않는다고 하십니다. 제게는 그것이 무엇보다 큰 선물입니다. 전근대의 여성이었던 어머니, 여성도 남성과 똑같이 공부하는 세상을 만들고 싶어 혁명가가 되었던 어머니, 허리 병신이 되도록 병원 한 번 갈 수 없이 가난한 농민이었던 어머니, 대부분의 딸들이 핍박받던 시기에도 어디 여자가, 같은 소리는 단 한 번도 하지 않았던 깨인 어머니, 딸을 위해 절대 아파서는 안 되기에 아흔다섯의 몸으로 손수 빨래를 하고 청소를 하는 딸바보 어머니, 당신이 제 문학의 근원이자 오늘을 살게 하는 원동력입니다. 더 좋은 사람이 되겠습니다. 더 많은 사람을 보듬는 소설을 쓰겠습니다.

문학의 시대가 끝났다는 종언을 들은 지 벌써 이십 년은 족히 되어가는 것 같습니다. 문학의 자리를 영상이 대신하고, 이제는 그마저도 전문가의 손을 떠나 아마추어들의 손으로 넘어갔습니다. 누구나 창작자가 되어 세상과 소통하는 시대가 된 것입니다. 이런 시대에 소설을 쓴다는 것이 어떤 의미일까, 매일매일 고민하며 살고 있습니다. 때로는 내 문학이 누구에게도 가 닿지 못하는 것 같아 좌절하고, 때로는 어떤 시대든 사람의 삶이란 별반 다르지 않을 것 아닌가, 힘을 내보기도 합니다. 저는 문학이 거창한 것이라 생각하지 않습니다. 저에게 문학이란 제 주변의 사소하지만 실재했던 삶의 기쁨과 슬픔을 세상에 가만히 내보이는 것입니다. 옳고 그름이나 역사적 진실에 무게추를 두었던 시절도 있었습니다만 살아보니 산다는 건 그저 애잔할 뿐입니다. 누군가의 애잔함으로 내 애잔함을 위로받고, 내 애잔함으로 누군가의 애잔함을 위로하는 것, 그것이 제게는 삶이고 문학입니다. 상을 받는다는 건 언제든 기쁜 일입니다. 무엇보다 앞으로 더 힘내어 제 문학의 길을 흔들림 없이 걸을 수 있을 것 같습니다. 모든 분들께 진심으로 감사드립니다.

정지아

수상작

정지아

우리는 어디까지 알까

작품론 | 신수정

고추전, 매운탕,
그래도 삶은 지속된다

정지아

© 이대진

1965년 전남 구례 출생. 중앙대학교 문예창작학과 박사. 1990년 실천문학사에서 장편 『빨치산의 딸』 출간. 1996년 조선일보 신춘문예 당선. 소설집 『행복』 『봄빛』 『숲의 대화』. 이효석문학상, 한무숙문학상, 문화예술위원회 올해의 소설상, 노근리 평화문학상 수상.

역시 전화를 받지 말았어야 했다. 세상에는 세 번이나 전화를 받지 않는 건 받기 싫다는 의미라는 걸 생각조차 하지 못하는 사람도 있다. 사촌동생 기택이가 딱 그런 인간이다. 지난겨울 시골로 내려온 뒤 걸핏하면 전화를 해대기에 한동안 아예 전화를 받지 않았다. 친남매처럼 자랐다고는 하지만 스무 살 이후 택이와 나는 각자 살기 바빴다. 명절날 얼굴 보고 입 발린 안부나 주고받는 게 전부였다. 삼십 년 넘는 세월을 훌쩍 건너뛰어 늘 얼굴 보고 살던 옛날처럼 친한 척 구는 게 어색해서 전화를 받지 않은 것인데 설에 만난 택이는 뭐 흔다고 노상 바쁘대? 라고 아무렇지 않게 물었다. 진짜 바빠서 전화를 못 받은 것이라 저 혼자 짐작하고 찰떡같이 믿은 것이다. 그걸 알면서도 네번째 전화가 울렸을 때 얼마 전 무릎 수술을 받은 큰어머니에게 무슨 일이 생겼을지도 모른다는 생각이 들었다. 해서 전화를 받은 것인데 언제나 그렇듯 염려는 보기 좋게 빗나갔다.

뭐 흔다고 전화를 인자사 받는가!

뭐 하느라 전화를 안 받은 게 아니다, 일부러 안 받은 거다, 라고는 차마 말하지 못했다. 그렇게 말해봤자 택이는 아따, 누나, 나 술 묵는다고 미워글제? 너무 글지 마소, 술이 밉제 사램이 밉당가, 하고는 넉살 좋게 웃어넘길 게 뻔했다. 악의 혹은 비틀림 같은, 사람의 복잡한 심사라고는 눈곱만큼도 모르는, 좋게 말하면 천진난만, 나쁘게 말하면 바보천치 같은 택이를 보는 게 어려서부터 나는 늘 답답하다 못해 불편했다.

집에 있제, 시방?

응, 이라고 대답하기 무섭게 전화가 뚝 끊겼다. 채점하던 기말고사 답안지를 밀쳐놓고 자리에서 일어났다. 택이는 말과 동시에 움직이는 놈이다. 곧 들이닥칠 터였다. 창문 너머 시멘트 바른 마당에 뙤약볕이 폭탄처럼 쏟아지고 있었다. 불벼락 속으로 뛰어들 엄두가 나지 않았다. 다행히 냉장고 안에 청양고추가 열댓 개 남짓 남아 있었다. 고추전을 부치기에는 좀 모자라지만 매콤한 호박전을 부쳐낼 만큼은 됐다. 매워서 눈물이 쏙 빠지는 고추전은 우리 집안의 트레이드마크 같은 거였다. 집안에 새사람이 들어오거나 아이가 자라 전을 먹을 나이쯤 되면 집안 어른들은 아무 경고도 없이 매운 고추전을 내놨다. 그걸 맛있게 먹으면,

워매, 정씨 씨알이 맞그마이. 씨는 못 속인당게.

터무니없는 이유로 함박웃음을 지었다. 고추전을 부치는 건 여간 까다롭지 않다. 고추를 반으로 잘라 일일이 씨를 뺀 뒤, 쪽파 다지듯 다져서 아무 양념 없이 밀가루에 조선간장으로만 간을 하는데, 온 식구가 먹을 만큼 준비하려면 온종일 고추를 다져야 했다. 정씨 씨알이 아닌 어머니는 명절 때마다 눈이 벌겋게 짓물렀다. 눈물, 콧물은 덤이었다. 기택이는 젖을 떼기도 전에 상 위의 고추전에 덥석 손을 댔고, 이도 다 안 난 주제에 이 빠진 늙은이처럼 오물오물, 고추전을 잘도 먹었다.

기택이가 어른들 밥상에 일찌감치 맛을 들인 덕분에 나는 큰어머니 젖을 먹을 수 있었다. 어머니 젖이 시원치 않아 늘 굶주렸던 나는 젖탐이 있었다. 큰어머니가 툇마루에 앉아 함지박 같은 젖통을 드러낸 채 기택이에게 젖을 먹이는 장면이 내 인생 최초의 기억이다. 젖 외에 먹을 것도 없던 시절, 젖조차 제대로 못 먹어 비쩍 말랐던 내가 안타까워 큰어머니가 물었다.

묵고 잪냐?

입맛을 다시고 있던 나는 큰어머니가 다른 쪽 젖을 옷 밖으로 꺼내자마자 강아지처럼 찰싹 달라붙었다. 젖꼭지를 빨아당기자 젖이 순식간에 입 가득 뿜어져 나왔다. 목이 막혀 죽을 것 같아 얼른 젖을 삼켰다. 젖은 식도를 타고 콸콸 흘러들어갔다. 나는 배가 빵빵해진 뒤에야 피를 양껏 빨아먹은 거머리처럼 퉁, 젖으로부터 튕겨져 나왔다. 뱃속 깊은 곳에서 쉰 듯한 젖내가 쉼 없이 흘러나왔다. 그날부터 나는 기택이와 젖동무가 되었다. 그러니까 택이와 나는, 매운 고추전 좋아하는 정씨 피가 섞인데다 젖까지 나눠 먹은 남매인 셈이다.

어른들 밥상에 맛을 들인 기택이가 젖을 본체만체한 뒤로도 나는 일곱 살 때까지 큰어머니 젖을 먹고 자랐다. 큰어머니는 툇마루에 앉은 채 내가 먹지 않은 다른 쪽 젖을 쭉 짜곤 했다. 그러면 젖 줄기가 남자들 오줌 줄기처럼 뿜어져 나왔다. 포물선을 그으며 마당을 적시던 젖 줄기를 나는 경이롭게 바라보았다. 모든 게 부족하던 시절, 유일하게 풍요로운 기억이다. 기택이의 탄생이 아니었다면 불가능했을 풍요였다.

짝은어매!

기택이는 노크도 하지 않은 채 벌컥 문을 열었다.

와따, 꼬치전 부쳤대?

아마 매운 내가 훅 뿜어졌을 것이다. 귀 어두운 어머니가 용케 기택이 목소리를 알아듣고 안방 문을 열고 나왔다. 어머니는 찬바람이라면 질색이었다. 5월부터 삼십 도를 넘은 올해도 거실에 틀어둔 에어컨 바람을 피해 안방에만 틀어박혀 있었다.

아이고, 우리 택이 왔냐? 아가, 바쁠 텐디 워찌 왔냐? 짝은 어매 볼라고 왔냐?

웬일로 어머니는 기택이만 보면 말수가 늘었다. 함께 사는 나와는 하루 댓 마디나 할까 말까, 젊을 적에는 꿀 먹은 벙어리 소리 듣던 어머니였다.

짝은어매 술 한잔 얻어묵을라고 왔제. 소주 한잔 주씨요.

십 년 전 기택이는 위암 수술을 받았다. 2기라고는 했지만 젊은 나이인데다 가족력이 있어 다른 사람들보다 더 관리가 중요했다. 큰아버지는 쉰 중반에 암 판정을 받았다. 위암 말기였다. 병원에서는 방법이 없다며 손을 놓았고, 큰아버지는 마지막 재산이었던 논 열두 마지기를 저승길 닦는 데 털어 넣었다. 천종삼이고 자라 피고, 들인 돈이 무색하게 큰아버지는 석 달을 못 넘기고 세상을 떴다. 일찍 간 큰아버지가 제일 좋아하던 게 소주였다. 큰아버지는 아홉 살 때 우리 할아버지, 그러니까 당신 아버지와 동네 장정 스무 명이 국군 총에 맞아 죽는 걸, 코앞에서 지켜봤다. 아홉 살 아이는 오줌을 지리며 혼절했다.

큰아버지는 할아버지 죽음을 목격한 이후 자주 악몽에 시달리고 경기를 일으켰다. 어른이 되어서도 경기는 사라지지 않았다. 경기를 가라앉히려고, 혹은 아무 데서나 경기를 일으키는 게 부끄러워 마시기 시작한 술이 끝내 큰아버지를 죽음으로 인도했다. 기택이가 툇마루를 뽈뽈 기어다니던 시절, 내가 큰어머니 젖을 먹던 시절, 그 툇마루 끝에는 항상 큰아버지가 있었다. 큰아버지는 우리를 보지 않았다. 허공의 어디쯤을 멍하게 바라보면서 됫병 소주를 종일 천천히 들이켰다. 언젠가 궁금해서 물은 적이 있다.

큰아배, 머슬 보요?

여전히 허공을 응시한 채 큰아버지가 말했다.

보긴 머슬 봐. 사방이 시커먼 허방인디.

그때 큰집 마당에는 새빨간 고추가 가득 널려 있었고, 그 위로 뽀송뽀송한 가을볕이 그늘 한 점 없이 골고루 내려앉고 있었다. 눈이 부시게 환한데 대체 어디가 시커멓다는 것인지, 나는 큰아버지를 빤히 쳐다보았다. 큰아버지는 개의치 않고 언제나처럼 멍하게 허공만 바라보고 있었다. 오래 쳐다봤더니 큰아버지 동공이 점점 커졌다. 시커먼 허방은 거기 있었다. 시커먼 허방 같은 큰아버지 동공 속에서 할아버지가 막 총을 맞고 쓰러지는 중이었다. 눈도 깜박이지 않고 오래 쳐다본 탓에 생긴 환시였을 테지만, 조금만 햇빛 속에 앉아 있어도 이마에 끈끈하게 땀이 차오르는 초가을, 나는 뒷골이 서늘했다.

기택이의 기억 속, 큰아버지는 늘 술과 함께일 터였다. 세상에 나오면서부터 술과 친했던 기택이는 일찌감치 술을 배웠고, 배운 것 없어 막일하는 터라 수술을 받은 뒤에도 술을 끊지 못했다. 성질 좋은 제 처와도 늘 술 때문에 싸우는 모양이었다. 군대 다녀온 뒤부터 대구서 터를 잡고 살던 기택은 올 초, 마누라와 자식 모두 대구에 두고 혼자 낙향했다. 그놈의 술 때문이었다. 낙향하기 얼마 전, 기택이 처가 난생처음 내게 전화를 했다.

고모, 고마 살려주이소. 피를 토했는데 병원도 안 가고, 밥도 안 묵고, 두 달째 술만 처묵고 있어예. 저라다 먼 일 나지 싶습니더. 고모가 말 좀 해주이소. 그래도 고모 말은 듣는다

아입니꺼?

위암 수술을 한 뒤로 기택이는 병원에 단 한 번도 가지 않았다. 일상으로 복귀해 막일을 하고 일이 끝나면 동료들과 밤늦도록 술을 마셨다. 정기검진을 받으라고, 술 좀 줄이라고, 옆 사람들이 아무리 설득해도 쇠귀에 경 읽기였다. 그러더니 급기야 탈이 난 것이었다. 나 또한 볼 때마다 병원에 가라고 말했다. 말 많은 놈이 그때마다 꿀 먹은 벙어리였다. 관리만 하면 평생 재발하지 않을 수도 있는 위암 2기였는데, 병원이라면 왜 질색팔색하는 것인지 도무지 이해가 되지 않았다. 전화해봤자 소용없을 줄 알면서도 기택이 처의 간절한 부탁 때문에 곧장 전화를 했다.

병원을 왜 안 가? 요즘은 위암 말기도 어지간하면 다 완치돼. 제발 병원 좀 가. 왜 혼자 병을 키우니!

누나는 늙어도 똑같네이. 그놈의 잔소리! 귀에 딱지 앉겠네. 글안해도 구례로 갈랑게 보고 말허세. 구례 가서 살라네.

대꾸할 새도 없이 뚝 전화를 끊은 기택이는 일주일도 채 지나지 않아 큰집으로 돌아왔다. 평생 술 마시는 남편을 보고 산 큰어머니는 어지간한 일에는 눈 하나 꿈쩍 않는 여장부였다. 그런 큰어머니가 돌아온 기택이를 보고 대성통곡했다. 살이 어찌나 빠졌는지 꼭 허수아비 같았던 것이다.

암만해도 쟈가 갈란갑다. 쟈 앱씨 갈 직에 똑 저랬잖애. 니도 봤제? 쟈가 시방 똑 지 앱씨 갈 때맹키여.

그날 평생 울 것을 다 울었는지 큰어머니는 그 뒤로 툭하면 나에게 전화를 걸어 심상하게 소식을 전했다.

틀렜어. 틀렜구마. 밤낮 술을 마시는디 워치크롬 낫겄어? 똑 지 앱씨랑게.

나는 마지막 수단으로 알코올중독 치료소를 권했다. 강제 입원을 시켜서라도 술을 끊게 하고 몸 상태를 확인해야 할 것 같았다. 그러나 큰어머니마저 고개를 저었다.

며눌애기가 폴세 글자고 했는갑는디, 그날로 짐 싸갖고 나헌티 와분 것이여. 여그 아니면 갈 디도 없는디 워쩌겄어. 지 맘대로 살다 가야제. 지 하고자픈 대로 납둬불란다.

나도 그 뒤로는 손을 놓았다. 살고자 해도 살기 어려운 세상, 저 스스로 손을 놓았는데 남이 뭘 더 어쩌겠는가. 목덜미를 잡아서라도 삶의 영역으로 다시 끌어오고 싶은 생각은 굴뚝같았지만 목덜미가 잡히지 않는 데는 더 이상 도리가 없었다.

오랜만에 집에 온 기택이는 자리에 앉기도 전에 술부터 찾았다. 아무리 손을 놓았다고 술 때문에 죽게 된 놈에게 술을 줄 수는 없었다.

술 먹는 사람도 없는데 우리 집에 무슨 술이 있어? 이거나 먹어.

기택이 앞에 청양고추가 반 넘게 들어간 호박전을 내놓았다.

아따, 누나는. 워치케 꼬치전만 묵는대! 글지 말고 내놓소. 쏘주 쪼깨 묵는다고 나 안 죽네.

없다니까!

참으려 했는데 목소리에 짜증이 묻어났다. 늙어 귀 어두운 어머니가 짜증을 읽고 가만히 내 팔꿈치를 잡았다. 정작 기택이만 아무렇지 않았다. 벌떡 일어난 기택이가 문을 열고 나가더니 검정 비닐봉지 두 개를 들고 돌아왔다. 제집인 듯 맘대로 냉장고 문을 열고 봉지 하나를 집어넣은 기택이가 다시 어머니 옆자리에 털썩 주저앉았다. 지난번과 달리 배가 벙벙했다. 사지의 살이 다 배로 몰린 것 같았다. 위암 말기 진단을 받을 무렵 큰아버지 몸이 꼭 저랬다. 복수가 차오르고 있는 것일 터였다. 요즘 세상에 저 지경이 되도록 방치하다니, 아무리 머리가 나쁘다고 해도 제 몸 망가지는지도 모를 리는 없을 터, 도무지 이해가 되지 않았다.

나가 누나를 모리겄어? 이럴 중 알고 준비해 왔제.

기택이는 잔도 없이 소주를 병째 들이마셨다. 살이 없어 유독 도드라져 보이는 목울대가 울컥울컥 위아래로 움직였다.

와따, 살겄네.

소주가 생명수라도 되는 양 거무튀튀한 얼굴에 화색이 돌았다. 기택이는 호박전을 길게 잘라 볼이 불룩해지도록 입 가득 욱여넣었다. 위 상태야 어떻든 먹는 모습은 어릴 때처럼 보기 좋았다. 예전에 어머니는 기택이 밥 먹는 것을 보면 도망간 식욕도 돌아온다고 했었다.

고거이 고로코롬 맛나냐?

하모. 시상서 젤 맛나제. 짝은어매도 한잔해볼랑가?

그르까? 우리 택이 덕에 짝은어매도 쏘주 한잔해보까?

어머니는 술이라고는 평생 입에 댄 적이 없는 사람이었다. 할 일 없는 겨울, 동네 여자들이 밤늦도록 화투를 치면서 막걸리 잔을 기울일 때도 어머니는 실없이 동치미 국물이나 들이켜곤 했다. 어머니가 자청해서 술을 마시겠다고 한 것은 머리털 나고 처음이었다.

술잔 하나 도라. 우리 택이 술잔도 가져오니라.

말려도 모자랄 판에 함께 술판을 벌이겠다니 대체 무슨 속셈인지 알 수 없었다. 지난번에도 어머니는 그랬다. 두어 달 전, 기택이가 집에 와 소주를 찾았다. 냉장고에 접대용 소주가 몇 병 있었지만 나는 야멸차게 쫓아냈다. 기택이 얼굴만 봐도 짜증이 치밀었다. 어머니는 그냥 술 한 병 주지 그랬냐고 나를 타박했다.

그거 한 벵 더 묵는다고 살 놈이 죽겄냐, 죽을 놈이 살겄냐?

너그러워 그런 건지 독해 그런 건지, 나는 어머니 마음이 헤아려지지 않았다.

나는 말없이 술잔 두 개를 탁자에 내려놓았다.

워디, 우리 택이 술 함 받아보자.

기택이 어머니 술잔 가득 술을 따랐다.

택아, 짝은어매 술 함 받그라. 첨이제?

첨은 아닌디. 두번짼디. 짝은어매도 늙었는갑네. 기억 안 난대?

오래 묵은 기억이 툭 튀어올랐다. 대학교 3학년, 추석 연휴

때였다. 추석 전날 밤, 자정이 넘은 시간에 누군가 마당에서 떨리는 목소리로 나지막이 아버지를 불렀다.

짝은아배! 짝은어매! 나요. 택이요!

식구들 모두 자다 깨 벌컥 문을 열었다. 덩치가 산만 한 기택이 마당에 선 채 부들부들 떨고 있었다. 맨발로 뛰쳐나간 어머니가 기택이를 안방으로 잡아끌었다. 택이는 한동안 아무 말도 않고 눈물만 뚝뚝 흘렸다. 아버지가 담배를 연거푸 세 개비쯤 태웠을 때 비로소 기택이가 입을 열었다.

짝은아배. 나 잠 도와주씨요.

먼 일인동 말을 해야 도와주든 말든 할 것 아니냐?

나가 사램을 찔렀어라. 아매 죽든 안 했을 것인디……

나는 고등학교 시절, 기택이, 그리고 할머니와 한방에서 삼 년을 살았다. 기택이가 읍내 중학교에 입학하면서 할머니까지 내가 살던 자취방으로 들어온 것이다. 두 학년이 한 반인 고향 분교에서도 꼴찌를 도맡았던 기택이는 읍내 중학에 다니면서 더 기가 죽었다. 기택이는 태어날 때부터 머리 쓰는 데는 젬병이었다. 기택이는 툇마루 끝이 있다는 걸 철이 들어서도 인지하지 못했다. 냅다 달리다 하루에도 서너 차례 툇마루에서 떨어져 댓돌에 머리를 박았다. 어머니는 그 때문에 머리가 더 나빠졌을 거라고 볼 때마다 혀를 찼다. 기택이는 중학교 입학하기 전, 겨울 내내 알파벳을 삼백 번 넘게 쓰고도 끝내 다 외우지 못했다. 가르치던 나만 속에서 열불이 치솟았다. 하지만 농땡이를 피운 것도 아니고 시킨 대로 하는데도 외우지 못하니 나무랄 수도 없는 노릇이었다. Q까지 외운 것만 해도 기적이라고 자위하며 나는 손을 놓았다.

중2 겨울방학을 지나면서 기택이는 키가 이십 센티나 자랐다. 살집도 좋았다. 원래 먹성 좋고 힘 좋던 아이였다. 또래 중에 제일 크고 힘이 셌다. 그런 기택이에게 동네 깡패들이 눈독을 들였다. 깡패들이 힘세다고 우쭈쭈 해줬더니 기택이는 뒤도 돌아보지 않고 그 길로 달려들었다. 하기는 난생처음 들어보는 칭찬이었을 것이다. 집안일도 나 몰라라, 평생 술만 마신 주제에 큰아버지는 기택이를 늘 못마땅해했다. 밥 많이 먹는 것도 타박이었다. 큰아버지에게 기택이는 밥만 축내는 식충이였다. 학교에서 아이를 때려도 도둑질을 해도 큰아버지는 이미 버린 자식이라며 걸음 한 번 하지 않았다. 아버지가 내내 학교에 찾아다녔다. 결국 고등학교 졸업을 앞두고 어른들 조직에서 기택이에게 사람 치우는 일을 시킨 모양이었다. 칼빵을 내라고 해서 담을 넘었고, 겁 없이 배에 칼을 찔렀는데 칼끝이 뱃살을 파고든 순간 할머니가 떠올랐다고 했다.

근디, 할매가 웃고 있드랑게요. 넘의 배에다 칼을 박았는디도 할매가 밥 줄 때맹키 내 새끼, 함시로 웃고 있드랑게요.

키는 일 미터 구십 가까운 놈이 눈물콧물 범벅을 하고 꺼이꺼이 울면서 그렇게 말했다. 할머니는 기택이의 피난처였다. 기택이는 애기 때부터 한밤중에도 배가 고파 잠에서 깨곤 했다. 불을 켰다가는 큰아버지한테 식충이 새끼 소리나 들을 게 뻔해서 할머니는 컴컴한 어둠을 손으로 더듬어 밥상을 차렸다. 기택이는 깜깜한 어둠 속에서 할머니가 차려온 밥을 먹으며 자랐다. 나와 자취할 때도 그랬다. 기택이는 시도 때도 없이 밥을 찾았고, 할머니는 언제가 됐든 기택이가 밥 달란 소리만 하면 벌떡 일어나 밥을 차렸다. 귀 어두운 할머니가 밥 달라는 소리만은 기가 막히게 알아들었다.

할머니가 다 받아주니까 애가 뒤룩뒤룩 살만 찌잖아!

언젠가 내가 짜증을 냈더니 할머니가 그랬다.

야가 살이 워딨냐? 뻬가 볼금볼금하그만은. 아가, 더 묵어라.

기택이가 언제 밥을 찾을지 몰라 할머니는 늘 밥을 많이 했고, 남은 밥은 당연히 나와 당신 차지였다. 멍청하든 말든, 남을 패든 말든, 기택이는 할머니에게 제일 귀한 종손이었다. 그 할머니가 악의 세계로 발을 디디려는 종손을 막아 세운 것이다.

짝은아배, 나 잠 도와주씨요. 오거리파가 나를 가만 안 놔둘 것인디, 워디 숨을 디 없겄어라?

다시는 깡패들과 엮이지 않겠다는 다짐을 받고 아버지는 다음 날 기택이를 아버지 친구가 있는 강화도로 보냈다. 그 날 밤, 어머니는 오래전 담가둔 매실주를 꺼냈다. 술독에 빠져 사는 형에게 데인 아버지는 평소 술을 입에 대지 않았다. 우리 식구가 같이 술을 마신 건 그날이 처음이자 마지막이었다. 그날, 어머니는 기택이에게 매실주를 따라주며 말했다.

아가, 택아. 니는 천성이 착해빠져서 넘헌티 해꼬지하고는

니 멩에 못 살 것이다. 에레서도 넘헌테 맞으면 맞았제 때리들 못했어야. 니보다 두 살이나 에린 학성이헌티도 노상 뚜디레 맞았잖애. 긍게 짝은어매 술 한잔 받고 이 매화맹키 순허게 살어라이. 매화는 이삐제, 춥 때 페서 젤 먼첨 봄을 알리제, 열매는 몸에 좋제, 시상에 매화맹키만 살면 월매나 좋겄냐이.

어머니가 따라준 매실주 덕인지, 결정적 순간에 환시로 나타난 할머니 덕인지, 기택이는 그날 이후 마음을 잡았다. 강화도에서 일 년 남짓 꽃 하우스 일을 돕다가 군대에 갔고, 제대하자마자 가진 건 없어도 마음 착한 처를 만나 결혼을 했다. 막일이라도 나름 기술이 있어 돈도 궁하지는 않았다. 다만 하나, 술이 문제였다.

술잔을 입에 댄 어머니가 오만상을 찌푸리며 진저리를 쳤다.

아이고, 오살나게도 쓰다. 이거이 멋이 맛나다고 죽고 못 사까이.

술이 술술 들어가면 잊고자픈 것이 술술 날아가붕게라. 술은 고 맛이지라.

우리 택이는 멋이 그리 잊고자프까? 그만하면 잘살았는디. 새끼들 잘 키웠제, 마누라 잘 건사했제, 그 이상 멋이 있다냐? 니 몸만 성하면 돼야.

겨우 소주 한 모금을 넘긴 어머니는 술기운을 못 이기고 끄덕끄덕 졸기 시작했다. 기택이는 제가 가져온 소주 두 병을 순식간에 비웠다. 빈 술잔을 가만히 바라보는 기택의 눈빛이 섬뜩했다. 시커먼 허방뿐이라던 큰아버지 눈빛 그대로였던 것이다.

술병에 시선을 둔 채로 기택이 물었다.

참말로 술 없제이?

기택이 말은 늙은 고막에 가 닿는 재주라도 있는 걸까. 자울자울 졸고 있던 어머니가 눈을 뜨고는 힘겹게 몸을 일으켰다.

우리 택이, 짝은어매가 선물 하나 줘야 쓰겄다.

안방에 들어갔다 나온 어머니 손에 소주 한 병이 들려 있었다. 언젠가 찾아올 기택이를 위해 나 몰래 술병을 숨겨둔 모양이었다. 어쩌면 그게 어머니의 위로하는 방식인지도 몰랐다. 어머니는 위암 말기의 큰아버지가 술을 찾아 온 동네를 헤매고 다닐 때도 순순히 술상을 차려준 유일한 사람이었다.

내 맘 알아주는 건 짝은어매배끼 읎당게.

새 호박전은 동이 나 있었다. 안주라도 먹으니 다행이라고 해야 할지. 무슨 안주를 내놓아야 하나 고민하는 사이, 기택이가 벌떡 몸을 일으켰다.

누나는 가만있소. 짝은어매 젤로 좋아허는 매운탕을 얼릉 대령할랑게.

괴기가 워딨다고 무신 매운탕을 끓에야?

짝은어매 줄라고 나가 잡아왔제.

어머니가 매운탕 좋아한다는 것은 금시초문이었다. 내가 아는 어머니는 비린 것을 별로 좋아하지 않았다. 위가 좋지 않아 매운 것도 금물이었다. 그래서 어머니 모시고 산 뒤로 매운탕을 끓여본 적이 없었다.

매운탕 좋아해? 엄마 매운탕 먹는 거 한 번도 못 봤는데?

글제이. 본래는 안 좋아했어야. 근디 그거이 원젤랑가, 나가 속뱅이 도져가꼬 암것도 못 묵고 있는디 택이 쟈가 매운탕을 끓에 왔드라. 쌀뜨물도 못 넹겠는디 매운탕은 넘어가야? 그거 묵고 나가 살았당게. 택아. 그거이 원제끄나?

냉장고를 뒤지던 기택이 끼어들었다.

아따, 짝은어매는. 누나가 안기부헌티 쫓게댕길 때 아니오. 누나는 못 봤제? 그때게 짝은어매, 대꼬챙이맨치 쪼그라들어가꼬 시상 떠날 중 알았당게.

이십대의 나는 고향에는 아무 관심도 없었다. 명절도 건너뛰기 일쑤였다. 어머니가 어떻게 늙어가는지 알지 못했고, 수배 당한 딸 걱정에 어떤 시간을 보내고 있을지도 관심 밖이었다. 내가 없는 고향에서 어머니와 기택이는 서로 기대어 그런 시절을 보낸 모양이었다.

기택이는 남의 부엌이 제 부엌인 양 냉장고며 싱크대며 맘대로 열어젖히며 매운탕을 끓이느라 바빴다. 평생 노동만 하며 살아 그런지 기택이의 동작은 단순하고 산뜻했다. 각이 잡혀 있다고 할까. 남의 집이라 익숙하지 않을 텐데도 동작에 군더더기 하나 없었다. 어려서부터 기택이는 머리보다 몸 쓰는 걸 좋아했다. 정확하게 말하자면 머리를 쓸 줄 몰랐다. 국민교육헌장도 초등학교 일학년 마치도록 외우지 못했다. 기택이는 방과 후에도 혼자 남아 한 시간씩 국민교육헌장을 외웠다. 나는 독서하는 소녀상 아래서 책을 읽으며 기택이를 기다렸다. 때때로 딱, 딱, 선생이 삼십 센티 자로 머리를 내리치는 소리가 들렸다. 매운 고추전 좋아하는 우리 씨알이 저렇게 무식하다는 사실이, 저렇게 남에게 무시 받는다는 사실이 수치스러워 나는 얼굴이 벌겋게 달아올랐다. 내 속도 모른 채 한 시간이 지나면 기택이는 누나, 누런 코를 훌쩍이며 말갛게 웃는 얼굴로 나를 향해 달려왔다. 밤톨처럼 깎은 머리통에 어린애 주먹만 한 혹이 불쑥 솟아 있기 일쑤였다. 나에게 와락 안겨드는 기택이를 나는 매몰차게 밀어냈다. 코가 묻을까 봐 싫었고, 저런 멍청이의 누나이고 싶지도 않았다. 나는 그런 아이였다. 그렇게 밀어내도 기택이는 화를 내지 않았다. 상처 받지도 않았다. 무슨 일이 있었냐는 듯 금세 또 달려들었다.

우리는 민족중흥의 역사적 사명을 띠고……

집에까지 걸어가는 사십 분 동안 나는 내내 국민교육헌장을 외웠다. 기택이가 조금이라도 빨리 외웠으면 싶어서였다. 그러나 기택이는 이내 다른 것에 정신이 팔렸다.

누나, 봤능가?

멋을?

참게가 빼끔, 숨을 쉬었잖애!

내 눈 앞에는 국민교육헌장 문구만 아른거리는데 정작 외워야 할 기택이는 길 옆 개울만 바라보고 있었던 것이다. 기택이는 책가방을 길바닥에 집어던지고는 첨벙첨벙, 개울로 뛰어들었다.

글다가 손 물린다이!

대개는 내 말이 떨어지기 무섭게 기택이 비명소리가 들려왔다. 참게에 손가락을 물린 채로 기택이는 양손을 머리 위로 마구 흔들었다. 그러다 참게가 손가락을 놓고 도망치기도 했다. 내가 아무리 다그쳐도 기택이는 물 만난 물고기처럼 물 밖으로 나오려 하지 않았다. 기택이는 책 대신 물고기며 참게, 고동 같은 것으로 책가방을 가득 채웠다. 기택이가 길바닥에 마구 던져놓은 책을 챙기는 건 내 몫이었다. 초등학교 일학년 때 벌써 나만큼 키가 컸던 기택이는 긴 다리로 겅중겅중 뛰어 우리 집으로 달려갔다.

짝은어매! 짝은어매!

기택이는 책가방에 든 물고기를 대야에 쏟아부었다.

워매, 많이도 잡았다이? 우리 택이가 다 잡았냐?

누런 코를 훌쩍이며 기택이는 자랑스럽게 고개를 끄덕였다. 어머니는 고기를 반 이상 양재기에 담아 기택이에게 다시 주었다.

느그 집에 갖고 가그라. 택이가 애써 잡았는디 느그 식구들도 멕에야제.

됐어라. 식충이가 묵을 거배끼 모린다고 욕이나 한 바가지 묵을 것인디 멀라고요. 짝은어매 다 잡숫시요.

물에 젖은 기택이의 가방을 마른 걸레로 닦는 건 내 몫이었다. 멍청이가 젖은 가방 그대로 집에 가면 큰아버지가 다 눈치챌 것은 생각지도 못했다. 빈손으로 보내기 민망한 어머니가 삶은 고구마나 감자, 감말랭이 같은 거라도 손에 쥐여주면 기택이는 신이 났다.

나가 배 딸끼라, 짝은어매?

우리 택이가 배도 딸 중 아냐?

하모요! 반내골서는 나가 젤로 선순디요? 물괴기 잡는 것도 나가 일등이어라.

아이고, 우리 택이, 참말로 대단허다이.

언젠가 기택이는 어머니 칭찬에 입이 찢어졌다가 이내 시무룩해졌다.

아부지는 식충이 새깽이가 깨골창서 놀기만 흔다고 만날 뚜드레 패는디…… 짝은어매, 나 여그서 살면 안 되까라? 나는 짝은집서 살고자픈디…… 짝은집이 젤로 좋은디……

둘의 대화를 듣고 있던 나는 그쯤에서 피식, 헛웃음을 터뜨렸다. 어머니는 내가 한 문제만 틀려도 회초리를 들었다. 어머니의 매질은 조금의 온기도 없이 매서웠다. 택이에게 너그러운 것은 순전히 택이가 남의 자식이라서였다.

택이 니가 우리 집서 살잖애? 종아리가 남아나들 안 할 것이다.

내가 비아냥거려도 택이는 무슨 소리인지도 모른 채 밥하는 어머니 뒤만 졸졸 따라다니며 뺀질뺀질 집에 갈 시간을 늦

줬다. 우리 집에서 밥을 먹고 가는 날도 숱했다. 더 미룰 수 없이 집에 가야 할 시간이 되면 택이는 눈에 띄게 풀이 죽었다. 어깨가 축 처진 채 대문을 나서는 기택이 뒷모습을 보고 어머니는 한숨을 내쉬었다.

아가 먼 죄여? 고로크롬 태어난 것을 워쩌라고……

기택이가 우리 집에서 태어났다면 어머니도 큰아버지처럼 고로크롬 태어난 것을 어쩌지 못해 안달할 것이라고, 어쩌면 공부 욕심 많은 어머니는 큰아버지보다 더 때려잡을 것이라고 나는 확신했다. 그래서 나는 밥상에 오른 매운탕을 맛있게 먹으며 어머니의 한탄을 내심 비웃었다.

매운탕이 보글보글 끓기 시작했다. 잊고 있던, 그러나 익숙한 냄새였다. 기택이 덕분에 반내골 살던 시절, 사시사철 매운탕이 식탁에 올랐다. 기택이의 물고기가 부족한 단백질과 지방을 보충해준 덕분에 탈 없이 어린 시절을 보냈을지도 모른다.

기택이가 매운탕을 국그릇 세 개에 나눠 탁자 위에 올렸다. 고추장과 고춧가루 듬뿍 넣어 방앗잎으로 마무리한 매운탕은 보기만 해도 군침이 돌았다. 우리 집에도 방앗잎이 있는데 혹시나 싶어 챙겨온 모양이었다. 머리도 나쁜 놈이 이럴 때는 제법 머리가 돌아갔다.

잡숴봐, 짝은어매. 누나도 한술 떠보소.

밥때 아니면 입도 달싹하지 않는 어머니가 웬일로 숟가락을 들었다.

짝은어매가 매운 거 못 잡숭게 땡초는 뺐어라. 잡술 만헐 것이요.

어머니는 기택이의 매운탕을 한 그릇 뚝딱 비웠다. 근래 이렇게 잘 먹기는 처음이었다. 어머니가 그럴 만하게 감칠맛이 났다. 기택이는 제가 끓인 매운탕을 안주 삼아 어머니가 숨겨 놓았던 소주 한 병을 천천히 비웠다. 소주가 바닥을 보이자 기택이는 숟가락을 놓았다. 매운탕이 반 넘게 남아 있었다. 세 병이나 비웠는데도 취기는 전혀 느껴지지 않았다. 멍하게 술잔을 바라보던 기택이가 갑자기 밖으로 뛰쳐나갔다. 또 소주를 가지러 가는 모양이었다. 어머니는 기택이가 사라진 현관문을 애처롭게 바라보았다.

택이, 틀린 성싶으다. 어쩌끄나, 불쌍해서.

다 지가 자초한 거야. 그러게 병원을 왜 안 가? 바보야? 저 지경이면 독하게 마음먹고 술도 딱 끊어야지. 술 하나를 맘대로 못해? 그게 사람이야?

아야, 야멸차게 글지 마라. 사는 거이 다 맘대로 된다디야? 니는 살아봉게 다 니 맘대로 되디야? 그랬으면 니는 이혼을 왜 했냐? 촌구석으로는 왜 기어들어왔냐?

속상한 마음에 몇 마디 했을 뿐인데 어머니가 훅 치고 들어왔다. 이혼했다는 소식을 전했을 때도, 모교에서 자리 잡는 데 끝내 실패하고 고향 인근 대학에 자리를 잡았다고 했을 때도, 잘했다, 한마디만 했던 어머니였다. 그래서 괜찮은 줄 알았는데 어머니의 속내는 그렇지 않았던 모양이다.

워쩔 수 없는 일도 있응게 택이 너무 다그치지 말어라. 애기가 맴이 너무 여려서 근다. 쟈는 먼 일만 생기면 나헌티 달레왔다. 펑펑 움시로 미주알고주알 다 털어놨어야.

뭔가 더 하고 싶은 말이 있는 듯했지만 어머니는 내 얼굴을 슬쩍 보고는 입을 닫았다. 늘 그랬다. 단호한 얼굴로 서울 유명 사립대학의 합격증을 내밀었을 때도 어머니는 내 얼굴을 슬쩍 보고는 아무 말도 하지 않았다. 나 또한 등록금 달라는 말을 하지 않았다. 입을 꾹 다물고 세상 끝난 얼굴로 내 방에 틀어박혀 주구장창 책만 들여다보았다. 납부 마감이 다가오고 속이 타들어갔지만 나는 꿈쩍도 하지 않았다. 마감 전날 밤, 어머니가 내 방문을 열었다. 그러고는 보자기에 싸인 돈뭉치를 툭 던졌다. 어머니나 나나 생전 처음 만져보는 큰돈이었다. 다음 날 새벽, 돈 보자기를 품에 안은 채 한 시간을 걸어 읍내 나가는 첫차를 탔고, 다시 순천 가는 버스로 갈아탔다. 순천 시내 은행에서 납부를 하고 나서야 눈물이 핑 돌았다. 어머니는 그날 내가 흘린 눈물을 보지도 못했고 알지도 못했다. 우리는 지금껏 그런 방식으로 살아왔다. 제 몫의 고통은 알아서 해결하는 것이 우리의 방식이었다. 그런데 지금 어머니는 무슨 일만 생기면 달려와 미주알고주알 털어놓았다는 택이를 바로 그런 이유로 감싸고 있는 것이다.

택이 잠 찾아보그라. 암만해도 이상허다.

몸을 일으키려던 어머니가 어지러운지 도로 주저앉으며 말했다. 하긴 차에 열 번도 넘게 오갔을 시간이었다. 차는 마당에 그대로 서 있는데 아무리 찾아도 기택이가 보이지 않았다. 어디선가 끅, 하는 소리가 들렸다. 기택이는 집 뒤안, 에이컨 실외기 곁에 털썩 주저앉아 있었다. 발치에 토사물이 보였다. 고추장 푼 매운탕인지 뭔지 토사물은 아예 붉은 핏빛이었다. 쉰 줄에 접어든 기택이 정수리가 훤하게 비어 있었다. 정수리부터 듬성해지는 것도 정씨 집안 내력이었다.

들어가자.

나는 손을 내밀었다. 어린 시절, 기택이는 제가 먼저 내 손을 잡았다. 코 묻었을 그 손 잡기가 싫어 나는 자꾸 걸음을 빨리했다. 처음으로 내가 내민 손을 잡고 일어서려던 기택이가 힘에 부치는지 도로 주저앉았다.

쪼까 더 있다 갈라네. 먼첨 들어가소.

기택이는 쌀 한 가마도 번쩍 드는 천하장사였다. 그랬던 녀석이 제 몸 하나 일으킬 힘도 없는 모양이었다. 기택이 곁에 엉덩이를 붙였다. 실외기의 열기가 훅, 온몸으로 달려들었다.

누나는 똑똑헝게 나맹키는 안 살았겄제이?

위로를 해야 할지 화를 내야 할지 머릿속이 하얬다. 기택이는 간혹 뜬금없는 말로 할 말 없게 만들곤 했다. 언제였을까. 기택이 군대 다녀와 막일을 시작했을 무렵이었다. 전국이 노동조합 건설 문제로 시끄러울 때기도 했다. 노조 얘기를 몇 마디 꺼냈는데 정작 노동자인 택이는 아무 관심을 보이지 않았다. 관심은커녕 이해를 하지 못했다.

노가다가 멋이 워때서? 일헐 디도 많고 일당도 솔찮애. 오야랑 성님들이랑 막둥이라고 월매나 잘해주는디.

계급의식이라곤 눈곱만큼도 없는 게 답답해서 내가 뭐라고 한소리 한 모양이었다. 내 말이라면 자다가도 벌떡 일어나던 택이 웬일로 내 말을 싹둑 잘랐다.

알았네, 알았어. 나 밥벌이는 나가 알아서 헐랑게 짝은어매 헌티나 쫌 신경 쓰소. 통 잡숫들 못하둥마.

내가 노동계급의 권리에 정신 팔린 사이 어머니는 담낭암을 앓고 있었다. 기택이 말이 아니었으면 어머니 살이 내린 것도 모르고 지나쳤을 것이다. 기택이 덕분에 병원에 갔고 어머니는 목숨을 건졌다. 똑똑한 나는 기택이처럼은 살지 않았을까? 기택이 어떻게 살았는지 알지 못하니 답할 수 없는 질문이었다. 머리 나쁜 기택이는 어떻게 살았을까? 배운 것 없어 막노동꾼이었던, 일찍 결혼해 장성한 아들을 둘이나 둔, 나이 마흔에 위암을 앓았던, 늘 소주를 마셨던 기택이는 어떤 인생을 살았을까? 생각해보니 내가 아는 것이라곤 그게 전부였다.

더운 날씨 탓인지 실외기가 쉼 없이 돌았다. 실외기 소음이 금방이라도 멈출 듯 숨 가빴다. 지방 대학에 자리 잡고 시골에 내려와 샀으니 십 년도 더 된 낡은 에어컨이었다. 살 때 최신형이었던 에어컨은 고작 십 년 만에 전기세 폭탄이나 때리는 고물이 되었다. 마흔 중반에 간신히 지방 사립대 교수가 된 내 신세도 에어컨과 별 다르지 않았다. 달리기를 시작하자마자 원하지도 않은 결승점에 도달한 기분이랄까. 정년이 되기 전에 대학이 문을 닫을 가능성도 적지 않았다. 시골 여고 최초의 명문대 합격생의 말로였다.

기택이 뜨겁게 달아오른 실외기를 짚고 힘겹게 몸을 일으켰다. 그러고는 비척비척 차를 향해 걷기 시작했다. 비틀거리는 게 술 때문은 아닌 듯했다. 배가 불러 바지가 허리에 걸쳐져 있기는 했지만 그 아래로 엉덩이며 다리는 살 한 점 붙어 있지 않아 나무 막대기가 움직이는 것 같았다.

기택이 운전석 문을 열었다. 급히 다가가 차 키를 빼앗았다. 음주가 문제가 아니라 금방이라도 정신을 잃을 것 같아서였다. 택이가 웬일로 얌전하게 조수석에 앉았다. 가는 내내 택이는 멍하니 앞만 바라보고 있었다. 최대한 조심스럽게 운전을 하는데도 과속방지턱을 넘을 때마다 택이가 끙, 앓는 소리를 냈다. 어지간해서는 아픈 내색을 하지 않던 아이였다.

모퉁이만 돌면 반내골이었다. 읍내에서 같이 학교에 다니던 토요일, 택이는 이쯤 오면 저 혼자 냅다 달리기 시작했다. 숨이 턱에 닿게 내달린 택이는 제 집을 지나쳐 우리 집으로 먼저 갔다.

짝은어매!

목청껏 내 어머니를 부르면서. 그 목소리가 제 집까지 들릴 것은 생각지도 못한 채. 그 때문에 번번이 종아리 맞았던 것을 까맣게 잊고. 택이는 어쩌면 그때 같은 심정으로 오늘 어머니를 찾아온 것인지도 몰랐다.

택아.

참으로 오랜만에 어린 시절처럼 택이를 불렀다. 택이 나를 똑바로 쳐다보았다. 이미 간까지 상한 것인지 흰자위가 누리끼리했지만 눈빛만은 예전처럼 순진무구했다.

술을 왜 그렇게 마셔? 술이 그렇게 좋아?

반내골이 가까워지고 방지턱을 두 개 넘을 때까지 택이는 입을 열지 않았다. 큰집 앞에 차를 세웠다. 택이는 미동도 없이 등받이에 깊숙이 몸을 묻은 채 뙤약볕이 눈부시게 쏟아지고 있는 허공 어디께를 멍하니 바라보았다. 그 시선 가닿는 끝에 어린 우리가 소꿉놀이하던 아름드리 팽나무가 서 있었다.

눈을 못 감겠어. 눈만 감으면 있잖애. 온 시상이 시커먼디, 시커먼 것이 똑 목을 졸르는 것맹키여. 무서서 눈을 못 감겄어. 술을 마시면 나도 모리게 잠을 장게, 무서서, 잘라고 마시는 것이여.

알코올중독으로 인한 섬망 증상일 가능성이 높았지만 굳이 입 밖으로 꺼내지는 않았다. 사방이 시커먼 허방이라던 큰아버지 말이 떠올랐다.

아부지가 암 진단 받고이, 방 안을 빙빙 돔시로 멋헌티 그러능가 자꼬 가라고, 쩔로 가라고 소리를 소리를 질러쌓대. 글고 나서 메칠 안 있다 가불드마. 요새 나가 그러네.

큰아버지가 가라고 소리친 대상은 죽음이었을까? 죽음이 무서워 술을 마시고 죽음을 재촉한 인생, 아이러니하지만 그게 큰아버지와 택이의 인생일지도 몰랐다. 야, 이 멍충아, 라고 나는 평소처럼은 차마 말하지 못했다.

매미 소리에 귀가 따가웠다. 적막한 여름 한낮이었다. 차에서 내린 택이가 허깨비처럼 허청허청 환한 빛 속으로 사라졌다.

누나.

택이가 뒤돌아서 나를 불렀다.

짝은어매헌티 쫌 전해주소. 짝은어매 땜시 이때꺼정 나가 살았네.

빛 속에 선 택이는 실루엣으로밖에 보이지 않았다. 방금 전에 본, 반쪼가리 된 택이 얼굴이 잘 기억나지 않았다. 빛 속으로 허청허청 걸어가는 택이가 점점 작아져 아이가 되고 마침내는 한 점의 빛이 되었다. 나는 택시를 불러놓고 팽나무 아래 앉았다. 어느 땐가 번개를 맞은 팽나무는 반으로 쪼개진 상태였다. 그러고도 반은 여직 살아 예전만은 못하지만 사람 몇은 충분히 쉴 만한 그늘을 드리우고 있었다. 죽은 가지 사이로 햇볕이 온 세상을 태울 듯 따갑게 내리쬐었다.

작품론

고추전, 매운탕, 그래도 삶은 지속된다

신수정(문학평론가 · 명지대 교수)

어떤 소설들은 삶에 너무 밀착되어 있어 삶과 구별되지 않는다. 무어라 규정할 수 없는 삶의 놀라운 이면은 때때로 이런 소설들의 틈새를 비집고 올라와 허구를 불신하게 한다. 그럴 때 우리는 어쩐지 풀이 죽어 인정하지 않을 수 없게 된다. 어떤 허구도 삶을 이길 수 없다고. 정지아의 「우리는 어디까지 알까」를 보는 심정이 바로 그러하다. "악의 혹은 비틀림 같은, 사람의 복잡한 심사라고는 눈곱만큼도 모르는, 좋게 말하면 천진난만, 나쁘게 말하면 바보천치 같은" 사촌동생 '택이'의 한평생을 서술하는 '나'의 목소리는 작가의 음성과 너무 닮아 있어 때때로 허구와 삶의 경계가 모호해지기도 한다. 어쩌면 이 소설은 소설이되 삶이며, 삶 그 자체이자 여전히 소설인, 독특한 형태의 소설이 될 것 같다.

시골의 유일한 명문 사립학교 대학생이었던 '나'는 도회에서의 삶을 청산하고 고향에 내려와 홀어머니와 함께 생활하고 있다. 이혼을 한데다 오랫동안 기다려온 모교에서의 자리 잡기에 실패한 때문이다. 인근 대학에 출강하며 일상을 영위해나가던 나에게 전화가 걸려온다. 택이다. "세 번이나 전화를 받지 않는 건 받기 싫다는 의미라는 걸 생각조차 하지 못하는 사람"에 속하는 그는 십 년 전 위암 2기 판정을 받고 한 차례 수술을 받기도 한 암 환자다. 젊기도 하고 가족력도 있어 누구보다 건강에 유의해야 할 그가 수술 이후 단 한 번도 병원에 가지 않았을 뿐만 아니라 막일을 함께하는 동료들과의 일과 후 술자리조차 마다하지 않으려 해서 가족들의 애를 태우다 고향 '반내골'에 내려와 있다는 소식을 듣고 있던 '나'는 그가 반가우면서도 밉다. "관리만 하면 평생 재발하지 않을 수도 있는 위암 2기였는데, 병원이라면 왜 질색팔색하는 것인지 도무지 이해가 되지 않"는 '나'로선 그의 음주를 받아들일 수 없고, 그로선 '나'의 강권이 자신을 이해하지 못하는 '잔소리' 같기만 하다. 두 사람의 팽팽한 입장은 좀처럼 좁혀지지 않는다. 강한 의지력으로 자신의 삶을 통제해온 '나'의 입장에서는 충분히 제어 가능한 삶의 위기를 어떻게든 극복하려고 하기는커녕 마냥 내팽개치려고만 하는 그가 잘 이해되지 않는다. 그 역시 집안의 자랑거리였던 누나가 고향에서 외롭게 늙어가는 게 안타깝다. 그에겐 한때 '노동자 세상'이라는 공허한 관념에 사로잡혀 정작 자신의 엄마인 '짝은어매'

의 건강조차 제대로 돌보지 못했던 누나의 세계가 평생을 막 노동에 종사하며 밥벌이를 해온 자신의 세계보다 더 특별나고 대단하다는 생각이 들지 않는다.

살아온 이력이나 삶을 대하는 태도가 완연히 다른 두 사람의 해후가 평탄할 리가 없다. 그들은 여전히 술을 내오라 하고 그를 거부하는 실랑이를 이어간다. 자못 딱딱하던 분위기를 반전시키는 것은 음식이다. 작가는 '나'가 준비한 "매워서 눈물이 쏙 빠지는 고추전"을 매개로 두 사람을 관통하는 "정씨 씨알"의 공통분모를 다시 한 번 확인하도록 만든다. "고추를 반으로 잘라 일일이 씨를 뺀 뒤, 쪽파 다지듯 다져서 아무 양념 없이 밀가루에 조선간장으로만 간을 하는데, 온 식구가 먹을 만큼 준비하려면 온종일 고추를 다져야" 하는 이 음식은 그 준비 과정에서도 알 수 있듯 그야말로 '눈물' 나는 노동력의 산물이라고 할 만하다. 정씨네 며느리들은 명절이 되면 고추전을 마련하느라 눈이 벌겋게 짓무르고 눈물, 콧물을 덤으로 쏟아내느라 경황이 없다. 새사람이 들어올 때나 아이들이 자라서 전을 먹을 수 있게 될 때 제일 먼저 내놓고 자신들의 '핏줄'을 확인하는 데 사용하는 고추전은 그런 의미에서 오랜 시간 농촌 공동체에 축적되어온 가부장제의 통과의례용 음식이라고 할 만하다. 지능이 좀 모자란 탓에 집안의 천덕꾸러기 대접을 받던 택이가 그나마 '장손'이라는 지위를 누릴 수 있었던 것도 젖을 떼기도 전부터 이도 안 난 주제에 이 빠진 늙은이처럼 오물오물 고추전을 잘도 집어 먹던 이력에 힘

입은 바 크다.

사정이 그러하다면 고추전은 최근의 여성 서사의 사례에서 보듯 기피 대상 일호가 되어야 할 음식이 아닐까. 그런데 그게 또 그렇지 않다는 게 이 소설의 미묘한 지점이라고 할 수 있을 것이다. "새빨간 고추가 가득 널려 있었고, 그 위로 뽀송뽀송한 가을볕이 그늘 한 점 없이 골고루 내려앉고 있"던 환한 대낮에 큰집 툇마루 끝에 앉아 허공의 어디쯤을 멍하게 바라보며 됫병 소주를 종일 천천히 들이켜기를 일삼던 큰아버지에 관한 기억이 이 씨족 공동체를 감싸고 있기 때문이다. 아홉 살 때 자신의 아버지와 동네 장정 스무 명이 국군 총에 맞아 죽는 걸 코앞에서 지켜볼 수밖에 없었던 그는 평생 그 참혹한 기억에서 벗어나지 못한다. 자주 악몽에 시달리고 어디서나 장소를 가리지 않고 경기를 일으키곤 하던 그에게 '소주'는 어른이 되어서도 좀처럼 사라지지 않는 경기를 가라앉힐 유일한 방도다. '나'는 기택이가 툇마루를 뻘뻘 기어다니고 자신이 젖이 부족한 어머니 대신 큰어머니의 젖을 먹던 시절, 허공을 응시하며 술을 마시던 그에게 "큰아배, 머슬 보요?" 하고 물어본 적이 있다. 그때 그가 하던 말, "보긴 머슬 봐. 사방이 시커먼 허방인디"라는 말은 '나'에게 영원히 잊히지 않는 목소리로 기억된다. "조금만 햇빛 속에 앉아 있어도 이마에 끈끈하게 땀이 차오르는 초가을" 그의 모습은 '나'에게 "시커먼 허방 같은 큰아버지 동공 속에서 할아버지가 막 총을 맞고 쓰러지는" 장면을 재생하며 "뒷골이 서늘"해지지 않을 수 없는 원초적 외상으로 자리 잡게 된 것이다. 사방이 시커먼 허방 같은 삶, 아버지의 죽음을 목격한 여덟 살 소년이 오줌을 지리며 혼절하지 않을 수 없는 삶, 악몽과 경기가 일상이 되어버린 삶, 환시와 섬망을 견딜 수 없어 술에 의존하지 않고서는 살아갈 수 없는 삶, 이 삶을 무어라고 요약할 수 있을까. 역사의 희생양? 그런 단순하고 명쾌한 용어로 평생 '죽음의 허방'을 응시해야 했던 그의 삶이 충분히 설명된다고 할 수 있을까?

돌이켜보면 정지아의 소설에서 이런 종류의 이야기가 그리 낯선 편은 아니다. 1990년 『빨치산의 딸』로 작가 이력을 시작한 이래 그녀는 주로 지리산 아래 태생지를 배경으로 자신의 부모와 친지, 마을 공동체의 구성원들에게 불어닥친 이데올로기의 광풍을 재현하는 데 많은 관심을 집중해왔다. 공식 역사가 '1948년 여순사건'이라고 부르는 사건은 그녀의 개인사와 떼려야 뗄 수 없는 관계를 형성하며 그녀의 글쓰기를 추동하는 근본적인 동력으로 작용해왔다. 2006년 그녀에게 이효석문학상의 영예를 안겨준 「풍경」이 그러하고, 전향한 빨치산 이야기인 「순정」이나 구순에 이른 빨치산 출신 노모의 이야기를 다루고 있는 최근작 「검은 방」 등도 크게 보면 여기서 그리 멀지 않다고 할 수 있을 것이다. 어쩌면 그녀의 작업 대부분이 이 사건을 제외하고는 제대로 된 이해에 도달하기 어렵다고 볼 수도 있을 것 같다. 그러나 이 규정은 또한 그녀의 작업을 '역사'와 동일시하고 공식화하는 데 앞장서온 측면도 없지 않은 듯하다. 소위 '역사적 상상력'이라는 말이 그러하듯 그녀의 소설은 공적 역사가 사적 개인에게 가하는 폭력적 위해의 양상을 폭로하고 어디에도 하소연할 길 없는 그들의 원혼을 위로하고자 하는 열망으로 충만한 것이 사실지만, 다른 한편 그렇게 재현된 역사가 공동체의 공식 역사로 자리 잡혀가는 과정에서 아이로니컬하게도 다시 한 번 잊히거나 실종되어버리곤 하는 개인의 실존적 운명에 대한 안타까운 연민으로 가득 차 있는 것 또한 사실이다. 역사의 이차 가해라고 할 만한 이 사정은 정지아의 최근 작업을 이전과 조금 다른 관점에서 바라볼 것을 요청한다. 무어라고 규정할 수 없는 어떤 삶에 대한 전적인 수락. 옳다 그르다 판단하기 이전 어찌할 수 없는 운명의 수렁에 제 삶을 저당 잡힐 수밖에 없는 인생. 우리는 그것을 공적 역사에 함몰된 사적 개인의 실존 혹은 운명의 복원이라고 할 수 있지 않을까.

택이의 삶을 바라보는 소설 속 '나'의 시선의 변화가 우리의 추정을 입증한다. 왜 그렇게 술을 마시냐는 '나'의 질문에 "눈을 못 감겄어. 눈만 감으면 있잖애. 온 시상이 시커먼디, 시커먼 것이 똑 목을 졸르는 것맹키여. 무서서 눈을 못 감겄어. 술을 마시면 나도 모리게 잠을 장게, 무서서, 잘라고 마시는 것이여"라고 고백하는 그의 목소리는 어린 '나'에게 '사방이 검은 허방'이라고 대답하던 큰아버지의 그것과 거의 구별되지 않는다. 할아버지에게서 아버지로, 아버지에게서 아들로 이어지는 죽음의 그림자는 '정씨' 가계 남자들의 삶을 무너뜨리는 결정적 계기로 작용한다. 이는 당연히 화자인 '나'의 삶과도 무관하지 않다. '나'로 하여금 서울 생활을 청산하지 않을 수 없도록 만든 계기는 무엇인가. 자신의 삶을 노동자 계급과 동일시하고 역사의 진보를 앞당기는 데 앞장서온 그녀의 신념만으로는 결코 완전하게 도달할 수 없는 삶의 실체에 대한 인식이 혹시 귀향을 결심하게 만든 것은 아닌가. 이 '전향'은 '나'의 엄마가 술을 달라는 택이를 몰아세우는 '나'를 나무라며 그를 감싸 안은 채 그에게 독이 될 것이 뻔한 '소주'를 내오고 술이라고는 평생 입에 댄 적도 없는 사람이 "우리 택이 덕에 짝은어매도 쏘주 한잔해보까"라며 "술잔 하나 도라. 우리 택이 술잔도 가져오니라"라고 할 때 하는 말, "아야, 야멸차게 글지 마라. 사는 거이 다 맘대로 된다디야? 니는 살아봉게 다 니 맘대로 되디야?"라는 말을 있는 그대로 승인하는 과정과 다르지 않다. 더 거슬러 올라가면 이 '승인'은 늘 어리석은 장손을 감싸 안으며 그의 '피난처'를 자처했던 할머니의 삶의 태도에 이르는 길이기도 하다. 어릴 때부터 한밤중에 잠에서 깨어나 배가 고프다고 칭얼대는 택이를 '식충이 새끼'라고 나무라기 이전에 언제나 캄캄한 어둠 속에서 밥을 차려 먹이던 할머니가 있어 그는 타인에게 칼침을 가하는 깡패의 세계에서 벗어나 마음을 다잡고 "강화도에서 일 년 남짓 꽃 하우스 일을 돕다가 군대에 갔고, 제대하자마자 가진 건 없어도 마음 착한 처를 만나 결혼"을 하고 "막일이라도 나름 기술이 있어 돈도 궁하지는 않"은 삶을 살 수 있었던 것이다.

기택이가 매운탕을 국그릇 세 개에 나눠 탁자 위에 올렸다. 고추장과 고춧가루 듬뿍 넣어 방앗잎으로 마무리한 매운탕은 보기만 해도 군침이 돌았다. 우리 집에도 방앗잎이 있는데 혹시나 싶어 챙겨온 모양이었다. 머리도 나쁜 놈이 이럴 때는 제법 머리가 돌아갔다.

잡숴봐, 짝은어매. 누나도 한술 떠보소.

밥때 아니면 입도 달싹하지 않는 어머니가 웬일로 숟가락을 들었다.

짝은어매가 매운 거 못 잡숭게 땡초는 뺐어라. 잡술 만헐 것이요.

어머니는 기택이의 매운탕을 한 그릇 뚝딱 비웠다. 근래 이렇게 잘 먹기는 처음이었다. 어머니가 그럴 만하게 감칠맛이 났다. 기택이는 제가 끓인 매운탕을 안주 삼아 어머니가 숨겨놓았던 소주 한 병을 천천히 비웠다. 소주가 바닥을 보이자 기택이는 숟가락을 놓았다. 매운탕이 반 넘게 남아 있었다. 세 병이나 비웠는데도 취기는 전혀 느껴지지 않았다. 멍하게 술잔을 바라보던 기택이가 갑자기 밖으로 뛰쳐나갔다. 또 소주를 가지러 가는 모양이었다. 어머니는 기택이가 사라진 현관문을 애처롭게 바라보았다.

그런 의미에서 소설의 마지막, 택이가 '나'의 엄마에게 끓여 올리는 '매운탕'은 자신의 삶을 지탱해준 '여성'들에게 바치는 감사의 선물이라고 할 수 있을 것이다. 그도 알고 있었던 것이다. 그의 삶을 가능하게 했던 것은 이 여성들의 품이었음을. 그가 자신을 차에 태우고 간신히 귀가하는 모습을 지켜보는 '나'에게 "짝은어매헌티 쫌 전해주소. 짝은어매 땜시 이때꺼정 나가 살았네"라는 말을 잊지 않는 이 장면이 이 소설에서 진한 감동과 묘한 회한을 남기는 것은 그 때문이다. 어쩌면 '역사'마저 외면한 이 주변부 인생들은 서로의 삶을 지켜보는 유일한 눈이 되어 그들의 불우를 잠재울 수 있었던 것인지도 모른다. 모자란 택이를 감싸 안는 엄마의 품새는 안기부에 쫓기는 딸에 대한 근심 때문에 여위어가는 엄마의 몸피가 '담낭암'이라는 사실을 알아차리고 엄마가 좋아하는 음식인 '매운탕'을 끓여 시름을 달래던 택이의 진정과 만나 공식 역사의 뒤안길을 조용하게 되비추는 등불이 된다. 사람이 사람을 만나 이루어내는 이런 종류의 조응이야말로 우리가 어디까지 알 수 있을지 알 길이 없는 사람 살이의 신비의 영역에 속하는 것 아닐까.

"빛 속으로 허청허청 걸어가는 택이가 점점 작아져 아이가 되고 마침내는 한 점의 빛"이 되는 것을 지켜보던 '나'가 택시를 불러놓고 팽나무 아래 앉아 있다가 번개를 맞아 반으로 쪼개진 팽나무지만 "반은 여직 살아 예전만은 못하지만 사람 몇은 충분히 쉴 만한 그늘을 드리"울 수 있다는 것을 알아차릴 수 있는 눈을 가지게 되는 것은 이 순간이다. 아직 살아 있다는 것. 예전만은 못하지만 그래도 몇몇에게는 그들이 충분히 쉴 만한 그늘을 드리울 수 있다는 것. 그것 이상의 더 무엇이 필요할까. 어떤 삶은 바로 그 사실로 우리를 쉬게 하고 슬픔을 위로한다. 우리는 여전히 "배운 것 없어 막노동꾼이었던, 일찍 결혼해 장성한 아들을 둘이나 둔, 나이 마흔에 위암을 앓았던, 늘 소주를 마셨던" 택이가 어떤 인생을 살았는지 잘 모른다. 아마 그를 잘 안다고 생각하는 순간 그는 다시 우리가 모르는 미지의 영역 속에 유폐될는지도 모른다. 정지아의 「우리는 어디까지 알까」는 사정이 그러하다는 것을 묵묵히 승인한다. 어쩌면 이 알 수 없음에 대한 '승인'은 '고추전'을 장만하며 눈물, 콧물 쏟던 할머니와 큰엄마, 작은엄마 등의 삶을 새롭게 '발견'해내는 과정과 동궤를 이루고 있는 것도 같다. 그녀들은 '죽음의 허방'을 견디고 어둠 속에서 일어나 배고프다고 칭얼대는 아이에게 묵묵히 밥을 차려주었으며 때가 되면 고추전을 부치는 일상을 놓치지 않았다. 그것이 '잔치'가 되든 '제사'가 되든. 이 행위를 시쳇말로 가부장제로의 투항이라고 할 수 있을까. 그런 규정이 이들의 삶을 구원할 수 있을까. 오히려 그들이 누군가를 살게 해주는 유일한 삶의 근거였음을 확인하는 작업이 필요하지 않을까. 알 수 없다. 그것을 알 수 있는 사람이 누구일까. 다만 우리가 알 수 있는 것은 우리가 어디까지 알 수 있을지 알 수 없다는 것인지도 모르겠다. 어쨌든 그들이 있어 오늘도 삶은 지속된다. 정지아의 최근 작업이 남다르게 다가오는 이유다.

수상 후보작

김혜진

3구역, 1구역

김혜진

©이해수

2012년 동아일보 신춘문예에 당선되며 작품 활동을 시작했다. 소설집 『어비』 『너라는 생활』, 장편소설 『중앙역』 『딸에 대하여』 『9번의 일』 『불과 나의 자서전』이 있다.

나는 교회 앞 골목에서 너를 처음 봤다.

그 교회는 이층 주택을 개조한 것이었는데 칠 년 전 내가 이 동네로 이사 올 때부터 사람의 출입이 뜸했고 몇 해 전부터는 드나드는 사람 없이 계속 방치되어 있었다. 철제 대문 너머로 먼지가 쌓인 폐가구와 온갖 잡동사니를 휘감은 거미줄, 무성하게 잡풀이 자라난 마당이 그대로 내다보였다. 환한 낮엔 스산해 보였고 한밤엔 오싹한 느낌이 들 정도였지만 어쨌든 집에 가려면 매일 그곳을 지나칠 수밖에 없었다.

나는 그 교회 앞에 앉아 태비를 기다리는 중이었다.

태비는 지난여름 골목을 오가며 내가 한두 번씩 만난 고양이였다. 체구가 작고 피가 섞인 침을 늘 턱 밑에 달고 다녔기 때문에 매번 그냥 지나치기가 어려웠다. 처음엔 사람이 먹는 참치 캔이나 소시지를 가져다주었고 이후부터는 고양이 간식 캔을 한두 개씩 들고 다니기 시작했다. 그러다가 아예 저녁 무렵에 나와 태비를 기다리게 된 것이었다.

10월 중순이어서 바람이 선선했다. 오가는 사람이 거의 없는 골목은 조용하고 한적해서 평화로워 보였지만 정말 그렇다고 생각되지는 않았다. 고개를 들면 재개발이니 철거니 분양권이니 하며 이 동네 전체를 사로잡은 어떤 기운이 골목 끝에서 서서히 번져오는 게 또렷하게 느껴져서였다.

태비는 날이 어둑어둑해질 무렵에서야 교회 건물 뒤편에서 나타났다. 여느 때처럼 멀찌감치서 나를 바라보며 짤막하게 우는 소리를 낸 뒤 조심스럽게 한 걸음씩 다가오다가 내가 캔을 바닥에 쏟아주고 서너 걸음 물러서고 나서야 짓무른 입으로 비린내 나는 내용물을 할짝거리기 시작했다.

저기, 죄송한데요. 괜찮으시면 제가 캔을 그릇에 옮겨줘도 될까요?

쪼그리고 앉은 내 등 뒤에서 누군가의 목소리가 들렸다. 짙게 드리운 어둠 탓에 네 얼굴은 정확히 보이지 않았다. 너는 옆구리에 끼고 있던 커다란 종이 뭉치를 내려놓고 쪼그려 앉은 다음 에코백에서 조그마한 유리 접시와 숟가락, 보온병 같은 것을 꺼냈다. 태비와 나 모두를 놀라게 하지 않으려는 듯 한 발 한 발 다가서는 네 모습은 신중해 보였고 이런 일에 익숙해 보였다.

얘 아세요? 며칠 안 보여서 어디 갔나 걱정하고 있었거든요.

길바닥에 쏟아진 캔을 접시에 꼼꼼히 옮겨 담고 그것을 태비 쪽으로 조금 더 밀어주고 나서야 너는 몸을 일으키며 물었다. 마주 서자 너의 마른 체구와 짙은 눈썹, 부드러운 입매 같은 것들이 선명하게 보였다. 그 골목엔 가등이 많지 않았다. 그래서 한밤에는 마주 걸어오는 사람이 나를 해칠지 모른다는 공포가 느닷없이 덮치곤 했다. 그런 공포를 느끼지 않은 건 아주 오랜만이었다.

그냥 가끔 봤어요.

나는 그렇게 대답했고 너와 어색하게 몇 마디를 더 나눈 뒤 집으로 돌아왔다. 너를 다시 보게 될 거라고는 생각하지 못했다. 이튿날 너는 나보다 조금 더 일찍 교회 앞에 나와 있었고 그다음 날 저녁엔 교회 철문 아래로 그릇을 밀어 넣느라 거의 길바닥에 엎드리다시피 하고 있었다. 오가는 사람들이 흘끔거리는 줄도 모르고 태비 쪽으로 조금 더 그릇을 밀어주려고 안간힘을 쓰는 중이었다.

올해는 날씨가 일찍 추워지네요. 사실 제가 겨울 오기 전에 얘를 구조해야겠다고 생각했거든요. 중성화도 안 된 것 같고 구내염도 심해 보여서요. 괜찮으시면 이번 주말에 도와주실 수 있으세요? 제가 통덫을 가져오긴 할 건데 혹시 몰라서요. 그냥 옆에 계시기만 하면 돼요.

한참 만에 몸을 일으킨 네가 물었다. 태비가 캔을 다 먹은 것을 확인한 뒤 여느 때처럼 에코백에 잡다한 물건들을 소리 나지 않게 챙겨 넣으면서였다. 너는 조금 더 말했다. 길고양이를 돌보는 사람들이 만든 인터넷 카페가 있고 이 동네에도 회원이 여럿 살지만 실제로 만난 적은 없고 딱히 부탁을 할 만한 사람을 찾지 못했다는 이야기였다. 나는 그러겠다고 했고 너와 연락처를 주고받았다. 뭔가에 이끌린 듯 승낙하면서도 네가 왜 내게 이런 부탁을 하고, 나는 왜 이런 번거로운 일을 자처하고 있는지 생각해보지 못했다.

다만 그때는 네가 따뜻한 사람이라는 생각만 했던 것 같다. 자신과 아무 상관도 없는 길고양이에게 기꺼이 시간과 비용을 내줄 수 있을 만큼 선하고 순수한 사람이라고 여겼고 그 순간엔 내 도움이 절실하게 필요해 보였다.

돌아오는 주말에 우리는 다시 만났다.

토요일 오후였고 나는 재개발 사업 공청회를 마치고 주민센터 건물을 빠져나오는 길이었다. 본격적인 이주 시기와 절차를 논의하는 자리였지만 공식적인 브리핑이 있기도 전에 편을 갈라 앉은 사람들이 된다, 안 된다, 좋다, 싫다 목청을 높이는 탓에 이렇다 할 대화는 또 시작조차 못한 채였다. 마이크를 쥐고 사람들을 진정시키려던 주택과장이라는 사람이 나가고, 재건축팀장이 다시 마이크를 잡고, 주무관이라는 사람이 들어오는 동안에도 강당은 불을 지핀 듯 뜨거웠고 점점 더 뜨거워지기만 했다. 이 동네에서 공청회니 설명회니 간담회니 하는 것들이 제대로 이뤄질 일은 없겠구나. 사십 분 남짓 그곳에 머무는 동안 내가 확인한 건 그게 전부였다.

좁은 복도는 한꺼번에 쏟아져 나온 사람들의 발소리와 말소리로 자욱했다. 계단을 내려서면서부터는 사방에서 바짝바짝 붙어오는 사람들을 피해 난간에 거의 붙어 서다시피 해야 할 정도였다.

이게 말이나 돼요? 멀쩡히 장사하는 사람들 다 나가라는 거지. 누군 새 상가 주고 누군 돈 몇 푼 주고 나가라니. 이게 말이나 되냐고요.

누군가의 목소리가 복도를 때리면,

이따위로 할 거면서 사람을 오라 가라 하고 말이야. 우린 우리끼리 따로 합시다. 여기 반대하는 사람들 싹 모아서 우리도 따로 공청회를 열자니까.

누군가의 목소리가 따라 나왔고,

무조건 고집만 부린다고 되나요. 다 같이 방법을 찾아야지.

누군가의 목소리가 도망치듯 건물을 빠르게 빠져나갔다. 그중엔 내가 자주 가는 분식집 사장도 있었다. 손님이 뜸한 시간에 쓰레기와 온갖 잡동사니로 발 디딜 데 없는 공터에서 줄담배를 피우는 모습을 본 적이 있었다. 서로가 어느 편에 서 있는지 알 수 없으므로 안면이 있어도 선불리 알은척하지 않는 게 이런 자리의 불문율이었고 그건 누가 가르쳐주지 않아도 저절로 알게 되는 것이었다.

나는 내내 고개를 숙인 채 쏟아질 듯 계단 아래로 향하는 발들을 피해 걷고 있었다.

이봐요, 그쪽은 어느 쪽이오?

벌겋게 얼굴이 달아오른 사람들 틈에서 일층 출입구를 간신히 빠져나올 때 누군가가 그렇게 물었다. 문 앞에 서서 건물을 나가는 사람들의 이름과 주소를 기록하던 남자였다.

주인이에요? 세입자죠?

내가 대답을 하지 않자 남자는 그렇게 바꿔 물었고, 내가 세입자라고 답하자 서류를 내밀며 서명을 요구했다. 나는 주인에게 이사비를 받아 나오는 것 말고는 어디에도 해당 사항이 없는 사람이었다. 재개발 사업 계획이 고시된 뒤에 이사를 온 탓에 임대주택에 들어갈 자격도, 재개발에 따른 보상을 요구할 수 있는 처지도 아니었다. 다만 변칙적인 경우의 기준과 절차가 궁금했고 언제부터 이사를 할 수 있으며, 언제까지 머물 수 있는지 알고 싶은 게 다였다.

남자는 끈질기게 연락처를 물었다. 이런 일일수록 머릿수가 중요하다고 했고 그래야 뒤통수를 얻어맞지 않는다며 거듭 나를 붙잡았다. 결국 연락처를 적고 서명을 한 뒤에야 그곳을 빠져나올 수 있었다. 그리고 건물을 나와 이리로 저리로 비탈길을 걸어 내려가며 흩어지는 사람들 틈에서 너를 봤다. 너인가, 아닌가. 생각하고 있는 나를 먼저 알아보고 다가온 건 너였다.

어? 여기서 보네요. 공청회 온 거예요? 저도 저기 계속 있었는데 왜 못 봤지. 이 근처에 사세요?

환한 낮에 보는 너는 체구가 조금 더 컸고 이목구비가 훨씬 뚜렷했다. 말투나 몸짓에서 주저하는 기색이 전혀 없었으므로 어른스럽고 노회한 느낌마저 났다. 어쩌면 옅게 한 화장이나 회색 톤으로 말끔하게 갖춰 입은 옷차림 탓인지도 몰랐다.

네. 저기 마트 뒤편에요.

내가 답하고 네가 말했다.

삼일마트요? 세탁소랑 같이 하는 데 맞죠? 거기 주인이 여기 3구역 추진위원장이잖아요. 어쩌다가 그런 사람이 위원장이 됐는지. 그 사람만 아니었으면 여기 벌써 아파트 올라가고도 남았을 걸요. 정말 여러 사람 애먹이는 스타일이에요.

네 입에서 그런 말이 나왔다. 내가 사는 이 동네를 3구역이라고 부른 것도, 마트 주인이 추진위원장인 것을 아는 것도 의외였지만 이곳이 지금껏 헐리지 않았다는 사실에 분개하는 듯한 말투가 나를 놀라게 했다. 나와 한 걸음쯤 떨어져서 걸으며 너는 조금 더 말했다. 네가 살고 있는 길 건너편 1구역은 공청회 한 번 없이 이주 결정이 났고 사 년 만에 아파트가 모두 들어섰다는 이야기였다. 생각해보면 모든 게 신속하게 결정됐고 그런 빠른 결단이 모두에게 쉬운 일은 아니었을 테지만 결과적으로는 모두에게 좋은 일이 되었다는 설명이 이어졌다.

길 건너편이 아파트촌이 되었다는 건 나도 모르지 않았다. 새로 만든 널찍한 진입로도, 아파트와 아파트를 잇는 산책로도, 그곳 주민들이 드나드는 상가들도, 흠잡을 데 없이 말끔하고 깨끗해서 그곳을 오갈 때마다 내가 겨우 횡단보도 하나를 건너온 게 맞나 하는 생각을 자주 했다.

나는 잠자코 들었다. 그래요? 아, 그렇구나, 몰랐어요, 같은 말을 소극적으로 반복하면서도 자꾸만 네 얼굴을 빤히 바라보게 됐다. 몇 번 눈이 마주쳤고 그때마다 그러지 말아야겠다고 스스로에게 주의를 주었지만 계속 눈이 마주쳤다. 그러니까 그런 이야기를 할 때의 너는 좀 다른 사람 같았다. 그날 밤 교회 앞에서 만났던 그 사람이 아닌 것 같았고 무슨 말을 어떻게 해야 할지 알 수 없는 기분이 들었다.

사람들이 참 이기적이지 않아요? 일일이 사정을 다 봐주면서 재개발하는 데가 어디 있어요. 조금씩 양보하고 그러는 거지.

혼잣말하듯 네가 중얼거렸고 나는 고개를 끄덕이고 말았다. 1구역에 사는 네가 왜 이곳 재개발에 관심을 갖는지 궁금했고, 너에게 그럴 만한 이유가 있는지 묻고 싶었지만 말을 아꼈다.

너는 맡겨놓은 통덫을 찾아야 한다며 근처 동물병원으로 나를 이끌었다. 그곳에 얼마 전 네가 3구역에서 구조했다는 고양이 세 마리가 있었다. 한 마리는 배에 붕대를 감고 있었고, 또 한 마리는 한쪽 눈을 제대로 뜨지 못했으며 나머지 한 마리는 꼬리가 반쯤 잘려 나가고 없었다. 나는 유리 케이지 앞에 붙어 서서 물끄러미 그 고양이들을 내려다보고 있었다. 아니, 실은 수의사와 마주선 네 모습이 바로 비치는 유리창에 내내 시선을 고정하고 있었다. 오십만 원, 사십만 원, 백이십만 원. 계속 추가되는 병원비와 입원비 내역을 듣는 네 얼굴에선 걱정스럽거나 놀라운 기색을 발견하기 어려웠다.

그날 저녁 우리는 여덟시가 넘을 때까지 태비를 기다렸다.

내가 먼저 철제 대문을 넘어 교회 안으로 들어섰고, 대문 너머로 통덫을 넘겨준 네가 뒤따라 대문을 넘어왔다. 덫 안에 캔을 듬뿍 쏟아놓고 멀찌감치 떨어진 곳에 쪼그리고 앉은 채로 태비를 기다리는 동안 날이 저물었다. 바람이 점점 차가워졌고 빈 교회 건물 안에서 뭔가 삐걱이고 덜컹이는 소리가 새어 나올 때도 있었다.

우리가 통덫 설치하는 걸 본 건 아니겠죠? 담요라도 하나 가져와서 안 보이게 덮는 건데. 애들이 정말 똑똑하거든요. 왜 안 올까요? 별일 있는 건 아니겠죠? 요즘 워낙 이상한 사람들이 많잖아요. 얼마 전에도 시장 쪽 애들이 다 죽었대요. 누가 사료에 쥐약을 탔다나 봐요. 어쩜 사람들이 그럴까요.

너는 목소리를 낮추며 자꾸만 내 쪽으로 상체를 기울였다. 그때마다 네가 입은 모직 니트에서 버터 냄새 같은 게 올라오다 말다가 했다. 내가 잠깐씩 휴대폰을 열어 시간을 확인하는 동안에도 너는 통덫에서 시선을 떼지 못했다. 태비에 대한 걱정이 폐가나 다름없는 건물을 마주하고 있다는 공포나 두려움 같은 걸 말끔히 지워버린 모양이었다.

오늘은 안 올 것 같은데요.

내가 그렇게 말하고 나서야 너는 못 이긴 척 몸을 일으켰다. 아홉시가 훨씬 넘은 시각이었다. 너는 통덫을 두고 갈지, 가져갈지 잠깐 고민하다가 가져가는 쪽으로 마음먹은 듯했다. 한 손에 통덫을 든 네가 앞장서고 내가 뒤따라 걸었다. 수시로 오가는 차들을 피해 좁고 어두운 골목을 빠져나와 환한 편의점 앞에 이르렀을 때 네가 물었다.

오늘 너무 감사했어요. 혹시 내일도 시간 되세요? 마음먹은 김에 빨리 구조를 하는 게 좋지 않을까 해서요.

내일은 일이 있어서요. 어떻게 될지 잘 모르겠네요.

나는 미적거리다가 그런 애매한 대답을 한 뒤 돌아섰고 골목 끝에서 길 건너 횡단보도 쪽으로 걸어가는 네 뒷모습을 오래 지켜보았다. 집으로 돌아오면서는 네가 좀 유별난 사람이라는 생각을 했던 것 같다. 아픈 동물을 가엾게 여기고 어떻게든 도움을 주려는 건 분명해 보였지만 과하다는 생각이 들었고 유난스럽게 여겨졌다.

그럼에도 며칠 뒤 네가 다시 연락을 해왔을 때 나는 이끌린 듯 또 교회 앞으로 나갔다.

후드를 뒤집어쓰고 품이 큰 점퍼를 입은 채 통덫을 들고 서 있는 너는 지난번 만났을 때와 또 느낌이 달랐다. 약간 부은 듯한 두 눈은 앳되어 보였고 기침을 하려고 고개를 돌릴 때마다 잡아당기듯 위로 말려 올라간 입매가 도드라졌다. 너는 오늘은 어떻게든 태비를 구조하겠다고 다짐을 두었지만 소득 없이 두 시간을 흘려보내고 난 뒤에는 다시금 며칠만 더 도와달라고 사정했다.

통덫을 몇 개 더 가져와볼게요. 여기 하나 두고 저쪽 끝에 하나, 저 담벼락 위에도 하나 두고요.

네 머리카락에 조그마한 낙엽 조각들이 달라붙어 있었다. 네가 사방을 살피느라 이리저리 고개를 돌릴 때마다 부스러기 같은 낙엽 조각들이 미세하게 팔락거렸다. 나는 네 머리칼 끝에 붙은 낙엽만 대충 털어내줄 생각이었다. 그러나 길고 구불구불한 머리카락이 엉킨 탓에 자꾸만 두 손으로 머리카락 사이에 있는 낙엽 조각을 하나씩 골라내게 됐다.

어색함이 감돌았다.

그리고 그 순간 거절해야겠다는 생각을 한 것 같다. 그게 뭐든. 너를 만날 일을 더는 만들어선 안 된다는 생각이 들어서였다. 그렇게 하지 않으면 너라는 사람에 대한 호기심과 궁금증이 이대로 계속 걷잡을 수 없이 커질 거라는 걸 직감했는지도 몰랐다.

제가 이사 준비도 해야 하고 매일 저녁 나오기는 어려워요.

한참 만에 내가 대답했고 네가 말했다.

이사요? 왜요? 아직 이주 결정 안 떨어졌잖아요.

언제 나가든 나가야 하잖아요.

너는 의외라는 듯 내 얼굴을 말없이 바라보다가 지갑에서 명함을 꺼냈다. 삼광중개사무소라는 상호 아래 실장이라는 직함과 이름이 적혀 있었다.

저희 사무실이에요. 가격이랑 조건만 말해주시면 집은 제가 찾아볼 수 있어요. 어디, 이 근처로 구하세요? 아니다. 집 구할 때 제일 중요한 거 세 가지만 말해주세요. 그럼 제가 적당한 집을 골라볼게요.

네가 거듭 제안했고 나는 처음부터 거절의 의사도 반박할 마음도 없었던 사람처럼 다시금 그러겠다고 대답해버렸다.

대략적인 전세 보증금과 최소한의 넓이, 너무 낡은 건물은 아니었으면 한다는 내 이야기가 끝난 뒤 너는 한 번 더 확인을 했고, 틀림없이 적당한 집을 찾아보겠다고 약속했다.

며칠간 우리는 저녁마다 통덫을 놓고 태비를 기다렸다.

퇴근 후 지하철을 기다리고, 붐비는 마을버스에 몸을 밀어 넣고, 어둑어둑해진 골목을 걸어 마침내 귀가하면 다시 옷을 챙겨 입고 나가서 몇 시간씩 통덫 앞에 쪼그리고 앉아 오지 않는 태비를 기다려야 하는 일이 귀찮고 번거로운 숙제처럼 여겨졌지만, 막상 너와 있으면 시간이 잘 갔다.

교회 앞을 오가는 사람들을 내다보고, 하나씩 불이 들어오는 빌라 건물을 올려다보고, 끊어질 듯 끊어지지 않는 네 이야기를 듣고 있을 때면 사는 동안 내가 이 골목에서 지겹도록 느껴왔던 공포와 두려움이 옅어지고, 낡고 쇠락한 동네가 주는 갑갑함과 답답함도 사라지고, 신기할 정도로 평화롭고 편안한 기분에 휩싸일 때도 있었다.

나는 태비를 기다리고 있다는 사실을 종종 잊었다.

고양이를 구조하러 온 게 아니라 너와 시시콜콜한 이야기를 나누려고 이곳에 온 게 아닐까 하는 착각이 들 정도였다. 묻고 답하는 데 정신이 팔려 있다가 멀찌감치 놓아둔 통덫이 눈에 들어오면 비로소 내가 왜 이곳에 왔는지 새삼스럽게 깨닫게 되는 식이었다.

너는 나보다 일곱 살이 어렸다. 대학을 졸업하고 증권회사에서 일하다가 오 년 전부터는 길 건너편 중개사무소에서 일한다고 했다. 외할아버지가 운영하던 부동산을 외삼촌이 물려받았고, 외삼촌 밑에서 공인중개사 시험을 준비하며 일을 배우고 있다는 이야기가 이어졌다. 네가 사는 1구역 재개발은 십오 년 전에 정식으로 이야기가 나왔는데 무산되고 재개되고 다시 무산되고 재개되며 다들 포기할 즈음이 되어서야 제대로 진행이 되기 시작했다고 했다. 덕분에 헐값에 사놓은 투룸 가격이 세 배나 뛰었고, 아파트 분양권을 팔아 적지 않은 차익을 남겼다고도 했다.

듣다보면 너는 나보다 일곱 살이 어린 게 아니라, 일곱 살이 많은 사람처럼 느껴졌고, 내가 결코 경험할 수 없고, 경험할 리 없는 일들을 보고 듣고 겪은 사람처럼 보였다.

원래 1구역에서 살았어요?

내가 묻고 네가 답했다.

아뇨. 저도 여기 3구역 출신이에요. 거의 토박이나 다름없어요. 저희 할아버지가 부동산을 오래 하셨거든요. 몇 년 전에 1구역 개발된다는 얘기를 하시길래 저랑 부모님도 그때 처음 집 보러 다녔어요.

언제요?

오 년 전인가. 아니다. 한 칠 년 된 거 같은데요.

그때 집을 산 거예요?

샀죠. 그때 대출 끼고 몇 개 더 사뒀으면 좋았을 걸. 저희 부모님은 아직도 그 이야기 하세요.

사두길 잘한 거네요.

잘한 거죠. 정말 백번 잘한 일이죠.

나는 고개를 끄덕이고 말았다. 긴 시간과 노력과 비용을 투자했으니 그만한 보상이 따르는 게 당연하다고 생각했고, 투자니 투기니 말들이 많았지만 주변에 그런 경험담을 털어놓는 사람들이 아주 없지 않았으므로 잠깐 부럽다는 생각을 한 게 다였다. 무엇보다 3구역에서 1구역으로 옮겨 간 게 대단히 큰 변화라고 느껴지지는 않았다.

다만 그때는 뭐든 알려주고 설명해주려는 네 성격이 공인중개사라는 직업에 잘 어울린다고 생각했던 것 같다. 이런 사적인 이야기를 어떻게 이토록 쉽게 할 수 있을까 하는 의문이 들 때도 있었지만 손님을 놓치지 않으려는 강박 같은 게 습관으로 굳어진 거라고 짐작했다. 어쨌거나 그 모든 이야기가 나라는 사람에 대한 호의일 거라는 생각에는 변함이 없었다. 너는 솔직한 사람 같았고 다정과 친절 같은 것들이 몸에 배어 있었다. 안간힘을 쓴다는 인상은 받지 못했다. 모든 게 자연스러웠고 거짓이라고 의심할 만한 것들은 하나도 없었다.

퇴근 후에는 주로 뭘 하세요?

한동안 네 이야기는 재개발로 들썩이는 이곳 3구역의 상황과 여기 사는 길고양이들 주변을 맴돌았다. 그러다 사흘째 되던 날 내 얼굴을 바라보며 그렇게 물었다.

딱히 하는 건 없어요.

나는 늘 짤막하게 대답하는 편이었다. 그러나 시간이 지날수록 말이 조금씩 더 길어졌고 할 필요가 없는 이야기들을 자꾸 보태게 됐다. 잠이 들 무렵이면 너무 많은 말을 한 것 같아서 후회스러웠고, 버스 정류장에서, 구내식당에서, 복도에서 내가 한 말과 행동을 돌이켜 생각할 때가 잦았지만 너와 나란히 앉아 있을 땐 다시금 이야기를 하고 듣는 데에 정신이 팔렸다.

사흘이 지나고부터 우리의 대화는 한 번도 본 적 없는 서로의 일상을 제법 편하게 오갔다. 네가 오늘 낮에 왔던 손님의 무례함에 대해 하소연하면 내가 오래전에 직장에서 만났던 더 무례한 사람에 대해 말하는 식이었다. 길 건너편에 새로 생긴 카페나 베이커리에 대해 이야기했고, 지금은 없어진 식당과 오래된 가게의 상호를 기억해내고 그곳이 얼마나 좋았는지, 나빴는지, 그저 그랬는지, 품평을 늘어놓기도 했다.

아, 우리 왜 이제 만난 걸까요? 진작 만났으면 좋았을 걸. 그죠?

네가 말하면 나는 웃었다.

지금은 사라지고 없는 어떤 것들을 네가 똑같이 기억하고 있다는 사실은 이상하면서도 반가웠다. 우리가 이 동네에서 한 번쯤 마주쳤을지도 모른다는 생각. 오며가며 틀림없이 한 번은 만났을 거라는 짐작. 그렇게 생각하면 네가 조금 더 친근하게 느껴졌고 가깝게 여겨졌으므로 나는 그런 생각들을 하지 않으려고 애써야 했다. 어떤 식으로든 마음이라고 할 만한 게 한번 생겨나면 좀처럼 없애기 힘들다는 것을 나는 모르지 않는 나이였다.

한번은 네가 휴대폰을 열어 그동안 구조한 길고양이들의 사진을 보여준 적이 있다.

사진을 하나씩 넘기다보면 고양이와 전혀 무관한 사진이 한두 장씩 튀어나오곤 했다. 사진 속에서 너는 운전석에 앉아 있거나 통유리 너머로 밖이 그대로 내다보이는 거실 소파에 앉아 있거나 사람들과 커다란 테이블 앞에 둘러앉아 있었다. 그런 사진이 나오면 창피한 듯 휴대폰을 빼앗아가던 너는 어느 순간부터 조금씩 설명을 덧붙이기 시작했다.

수줍은 듯 언제, 어디서, 누구와, 무엇을 했는지 말하는 네 얼굴은 신중하고 진지하고 또 얼마간 조심스러워 보였다.

아, 그래요? 그러네요.

네 설명이 끝날 때까지 기다렸다가 나는 간단히 대꾸했다. 단 한 번도 사진 속에서 내가 본 것이 무엇이고 정말 궁금한 것이 무엇인지 말한 적은 없었다. 사진 속에서 먼 배경으로 물러나 있지만 눈길을 사로잡는 것들. 이를테면 거실 창 너머로 어떤 건물의 방해도 받지 않고 온전히 내다보이는 하늘, 네가 입은 재킷과 네가 든 가방, 운전대에 새겨진 엠블럼이나 식탁 위에 놓인 와인병과 쇼핑백 같은 것들에 대해서는 입을 다물 수밖에 없었다.

통덫을 세 개나 놓아두었지만 태비는 구조하지 못했다.

한 주가 더 지난 토요일에 나는 너를 다시 만났다. 네가 골라놓은 집들을 둘러보기 위해서였다. 아주 맑은 날이었다. 나는 집에서 나와 팔 차선 도로를 건너고 네가 알려준 아파트 단지 끝까지 걸어갔다. 초등학교를 지나고 학원 간판 여러 개를 지나자 삼광중개사무소 간판이 보였다. 다가가자 문 앞에서 있던 네가 알은체를 했다.

일찍 왔네요. 점심 먹었어요? 근처에 맛있는 파스타집 있는데 이따가 같이 가요. 아니다, 뭐 좋아해요? 좋아하는 거 있어요?

너는 익숙한 듯 사무소 앞에 세워둔 차에 시동을 걸었고 나에게 타라는 손짓을 했다.

처음 간 곳은 1구역 아파트 단지 바로 옆 동네였다. 옆 동네라지만 고개를 넘어야 했고 가파른 오르막이 끝없이 이어졌다. 고만고만한 다세대 건물과 빌라 들이 오밀조밀 모여 있는 곳이어서 네가 자주 차창 밖으로 고개를 빼고 건물 이름을 일일이 확인해야 했다. 재개발구역에서 제외된 탓에 그곳은 내가 사는 3구역과 비슷해 보였고 별다를 게 없어 보였지만 아파트촌이 바로 옆이라는 이유로 가격이 터무니없이 치솟아 있었다.

진짜 여기도 빨리 재개발이 되어야 하는데 큰일이에요.

주차할 곳이 마땅치 않았기 때문에 이리로 저리로 차를 돌리며 너는 혼잣말처럼 중얼거렸고, 차에서 내린 뒤에는 재빠르게 건물 안으로 들어가 현관문을 열어 보였다.

어때요? 나쁘지 않죠?

네가 물으면 나는 창을 열어보거나 싱크대에 물을 틀어보거나 하는 식으로 대답을 미루다가 신발을 챙겨 신고 먼저 집을 빠져나왔다. 그러면 너는 더 권하거나 묻지 않고 문단속을 한 뒤 나를 따라 나왔다. 차를 타고 이동하는 동안 내 기분을 살피듯 잠깐씩 내 얼굴을 빤히 바라볼 때도 있었지만 그뿐이었다.

아무래도 이 동네가 오르막이 좀 심하긴 해요. 그죠?

세번째 집까지 보고 난 뒤 너는 조금 더 먼 쪽으로 차를 몰았고 그렇게 동네를 두 번 더 옮기는 동안에도 내 대답을 기다리기만 했다. 좀처럼 나타나지 않는 태비에 관해 말할 때나 철거될 동네에 남을 길고양이들에 대해 염려할 때에만 잠깐씩 목소리가 높아졌는데 그런 순간에는 폐허나 다름없는 교회 앞마당에서 함께 태비를 기다리던 사람이 네가 맞구나 새삼스레 생각하게 됐다.

이 집도 몇 년 전만 해도 진짜 헐값이었거든요. 그때 하나 사뒀으면 좋았을 텐데. 그럼 이렇게 집 구한다고 고생 안 해도 되잖아요.

그리고 다섯번째인가, 여섯번째 집을 보고 나올 때에 네가 불쑥 말했다. 먼저 계단을 내려가던 내가 올려다보자 너는 한마디 더 했다.

아마 여기도 곧 재개발 얘기 나올 걸요. 뭐, 얘기 나온다고 당장 되는 건 아니겠지만 되긴 되겠죠. 사람들이 조르면 공무원들도 별수 없잖아요. 상권이니 뭐니 다 죽은 동네를 무슨 수로 살리겠어요. 부수고 새로 지어야지.

네 목소리가 고요한 복도에 울렸다.

이대로도 개발은 할 수 있을 텐데요.

나는 허름한 주택을 개조해서 카페를 만들고, 서점을 열고, 식당을 차린 사람들의 이야기를 하려고 했다. 낡고 오래된 건물들도 조금 손을 보면 바뀔 수 있다는 이야기를 하고 싶었고, 실제로 사람들이 붐비는 몇몇 동네에 대해 말할 생각이었다.

너는 듣지 못한 것 같았다.

아, 맞다. 저쪽 도서관 너머엔 아직 싼 집 좀 남아 있을 거예요. 대출 끼고 그런 거 하나 사놓으면 어때요? 3구역에도 이렇게 돈 번 사람 많아요. 편의점 뒤에 고로케집 있죠? 거기 주인도 몇 년 전에 급매로 빌라 두 채 사놨는데 그게 지금 엄청 올랐잖아요. 제가 말했죠? 저도 그 근처에 하나 사놨다고요. 하긴 요령 있는 사람들이야 어디서나 잘살죠. 아무것도 모르는 고양이들만 불쌍하지.

운전석에 앉은 네가 시동을 걸고 차를 몰았다. 어디론가 전화를 걸고 능숙하게 통화를 하는 네 모습은 또 조금 낯설어져 있었다. 어스름이 깔린 골목을 거의 다 빠져나왔을 때야 뭔가가 긁고 간 것처럼 속이 따끔거리기 시작했다. 나는 조수석에 앉은 채 차창을 열었고 차가운 바람을 들이마셨다. 어떤 의도 같은 게 있을 리 없다고 생각하면서도 네가 한 말의 의미를 자꾸 요리조리 돌려보게 됐다.

재개발이 될지도 모른다는 집주인의 설명이 있었고, 언제든 나가겠다는 약속을 한 뒤에 계약을 했고, 시세보다 저렴하게 칠 년이나 살았으니 다행스럽고 고마운 일이라고 여겨온 내가 멍청했던 걸까, 하는 생각이 들었고, 이 모든 일이 요령 없이 살아온 내 탓일까, 하는 자책이 살아났다. 도대체 네 눈엔 나라는 사람이 어떻게 보이는 걸까 하는 데까지 생각이 미치자 더는 그곳에 있기가 힘들었다.

오늘은 더 안 봐도 될 것 같아요.

차가 잠시 멈춰 섰을 때 내가 말했다. 너는 라디오 볼륨을 조금 낮춘 뒤 내 쪽을 보며 말했다.

바로 요 앞이에요. 다 왔어요.

아뇨. 오늘은 그만 볼게요.

여긴 매매로 나온 데예요. 지금 보증금에서 오천 정도만 대출 내면 살 수 있을 거예요. 내가 주인한테 잘 말해볼게요.

내가 말이 없자 너는 한마디 더 했다.

대출 받는 거 겁낼 필요 없어요. 이자 비싸다고 하지만 나중에 집값 오르는 거 보면 잘했다는 마음 들 걸요? 제가 아는 은행 직원 있는데 소개해줄게요.

다음에요.

나는 중개사무소 앞 큰길에서 내려달라고 했고 차에서 내리자마자 뒤도 돌아보지 않고 걸었다.

서른 중반이 다 되도록 아무 요령도, 준비도 없이 살아왔다는 생각은 차츰 잦아들었다. 네 눈엔 틀림없이 내가 무능하고 한심하게 보였을 거라는 생각도 점점 옅어졌다. 끝까지 남은 건 멀쩡한 동네에 재개발이니 재건축이니 하는 기대감을 전

염시키고 십 년이 넘도록 그곳 사람들을 끙끙 앓게 만드는 게 바로 너 같은 사람들이구나 하는 깨달음이었다.

다시는 너를 볼 일이 없을 거라고 여겼고, 더는 만날 필요가 없다고 생각했지만 한 주가 더 지난 주말에 나는 다시 너를 만났다.

매일 저녁 위치와 가격, 너비와 구조가 적당한 집들을 골라 사진을 찍어 보내주는 네 수고에 못 이긴 척했고, 태비를 구조했다는 문자에 놀란 듯 굴었지만 나조차도 왜 네 연락에 이토록 내가 무방비가 되는지 알 수 없었다.

구조하고 보니까 구내염이 더 심해졌더라고요.

너는 편의점 앞에 쪼그리고 앉아 있다가 몸을 일으켰다. 네 발 아래 담요로 덮인 통덫이 있었다. 너는 담요를 들추고 통덫 안을 잠깐 보여주었다. 거기 태비가 있었다. 통덫 끄트머리에 몸을 붙인 채 커다란 눈으로 나를 노려보는 태비의 입가는 뭉개진 찰흙처럼 보였다.

같이 애써주셨는데 얘 얼굴은 보여줘야 할 것 같아서요.

편의점을 드나드는 사람들을 피해 우리는 조금씩 더 옆으로 물러섰다. 저쪽에서 담배를 피우던 사람들이 통덫을 힐끔거렸다.

병원에 데려다주는 거예요?

한참 만에 내가 묻고 네가 답했다.

일단 병원에서 치료하고 쉼터에 넣어놓으려고요.

쉼터요?

아, 제가 말 안 했어요? 요 뒤에 제가 쉼터 하나 얻어놨거든요. 오래 비어 있는 집이 있어서.

너는 거기까지 말하고 잠시 망설이는 듯하다가 나머지 말을 했다.

사실 이 말은 안 하려고 했는데 제가 몇 년 전에 사놨다는 집 있잖아요. 이 근처에. 거기예요. 워낙 오래된 집이라 세도 잘 안 나가고 어차피 재개발될 거니까 당분간만 애들 데리고 있으려고요. 얘도 치료하고 입양 안 되면 거기 쉼터에 넣어놔야죠. 어쩌겠어요.

이 근처에요?

저 뒤편 고깃집 뒤에 단독주택 있죠? 거기에요.

나도 아는 곳이었다. 자동차 두 대를 동시에 주차할 만큼 마당이 넓은 집이었다. 열린 대문 틈으로 나무 데크가 놓인 그 마당을 몇 번 엿본 적이 있었다. 쉼터가 갈 곳 없는 고양이 보호소라는 것도, 고양이들을 위해 단독주택을 통째로 쓰고 있다는 사실도 놀라웠지만, 네가 그 이야기를 지금껏 내게 하지 않았다는 사실이 더 놀라웠다.

그건 나에 대한 배려였을까. 왜 그런 배려가 필요했을까. 왜 그런 배려가 필요하다고 느꼈을까.

생각은 빠르게 번졌고 걷잡을 수 없이 커졌다. 씁쓸함이 감돌았고 당혹스러운 기분이 들다가 차츰 불쾌감으로 번졌다. 그곳에 서서 불쾌감을 느끼고 있는 스스로를 너에게 들키고 싶은 마음은 없었다. 나는 담요를 들추고 태비를 한 번 더 들여다본 뒤 너에게 인사를 하고 집으로 돌아왔다. 집으로 돌아오는 동안에는 다시는 너를 만나지 않겠다고 생각했던 것 같다.

너에 대한 내 감정이 호감이든 관심이든, 그게 뭐든 더는 불가능하다는 생각이 들어서였다.

그러니까 그 밤에 내가 실감한 건 너와의 간극이었고 격차였다. 그것에 비하면 내가 너라는 사람에 대해 염려하고 걱정했던 다른 모든 것들은 정말 아무것도 아닌 것에 불과했다. 그렇게 생각하자 얼마간 체념하는 심정이 되었고 차라리 마음이 편했다.

그리고 이틀 뒤, 일이 늦어질 것 같다며 병원에 맡겨놓은 태비를 한번 들여다봐줄 수 없겠냐는 네 연락에 나는 또 그렇게 하겠다고 대답해버렸다.

저녁 일곱시 전에 병원에 도착하려면 퇴근 후 곧장 병원으로 가야 했다. 수시로 휴대폰을 열어 시각을 확인하면서 도대체 왜 이러고 있을까 생각했고, 이렇게까지 할 필요가 있을까 생각했지만 간신히 시간에 맞춰 병원 앞에 도착했을 때는 비로소 안도하는 마음이 생기고, 너에 대해서라면 이제 어쩔 수 없어졌구나 포기하는 심정이 되었다.

그사이 주민센터에서는 간담회가 두 번 더 열렸다.

첫번째 간담회에선 주민들 사이의 말싸움이 큰 다툼으로 번져서 일찌감치 자리가 파했다. 기물이 파손되고 공무원 하나가 뺨을 맞은 그날의 소동으로 주민 서너 명에게 벌금형이

부과되었다. 덕분에 두번째 간담회는 비교적 차분하게 진행됐다.

여기 계신 분들 모두 어렵다는 거 압니다. 저희들도 한 분 한 분 최대한 사정을 들으려고 노력하고 있습니다. 일단 1차 협의에서 나온 사항을 잠시 말씀드리겠습니다.

행정관이라는 사람이 나와 스크린에 떠오른 구역별 지도를 가리키며 설명을 이어나가는 동안, 나는 자주 고개를 돌려 네가 서 있는 쪽을 흘끔거렸다. 너는 상가 주인으로 보이는 사람들과 이 동네에 거주하지 않는 집주인임이 분명한 사람들 틈에 끼어 있었다. 이따금씩 내 쪽을 보는가 싶다가도 다시 보면 주변 사람들처럼 한마디도 놓치지 않겠다는 듯 팔짱을 낀 채 스크린 쪽에 시선을 두고 있었다. 그럴 때 네 눈빛과 표정 같은 것들은 네 주변을 둘러싸고 있는 사람들의 그것과 비슷해 보였고 닮은 듯했지만 간담회가 끝나고 나와 마주섰을 땐 내가 기억하는 익숙한 얼굴로 돌아와 있었다.

그날 나는 처음으로 너와 그 쉼터에 가기로 했다.

쉼터에 가기 전 병원에 들러 태비를 데려올 계획이었지만 네가 세림빌라 이야기를 꺼내는 바람에 그곳에 먼저 들르게 됐다. 그곳은 3구역 가장 끝에 있는 빌라였다. 한 동에 여덟 집. 네 동짜리 빌라 거주민의 반이 이미 이주를 마친 곳이어서 간담회가 열릴 때마다 행정관이 여러 차례 모범적인 사례로 소개한 곳이었다. 사십 년이 넘은 건물이라는 말은 들어서 알고 있었지만 실제로 마주한 건물은 그보다 훨씬 더 오래되어 보였다.

너는 얼룩덜룩한 건물 외벽과 창문이 열린 집들을 한참 올려다보곤 빌라로 들어섰다. 행정관의 말대로 그곳은 거의 비어 있었다. 너는 계단을 오르며 현관문이 닫힌 집들을 지나쳤고 문이 열려 있는 집 안으로 들어섰다. 그러고선 버려진 옷걸이 하나를 집어 들고 그걸로 집안 곳곳을 두드리며 시끄러운 소리를 내기 시작했다.

탕탕 하는 소리가 빈 실내를 때렸다.

이런 빈집에 애들이 많이 들어오거든요. 한번 자리 잡으면 안 나가니까 위험하죠. 언제 헐릴지도 모르는데. 여기도 한번 와서 애들 구조해야 되는데 큰일이네요.

네가 플라스틱 물통을 하나 주워서 건넸고 나도 벽을 때리며 소음을 내기 시작했다. 너는 사람들이 버리고 간 장롱 문을 하나씩 열어보고 도저히 고양이가 있을 법하지 않은 서랍장과 싱크대, 신발장, 베란다 구석 선반까지 확인하고 나서야 창문과 현관문을 꼼꼼히 닫고 집을 나왔다.

그런 후엔 문이 열린 또 다른 집으로 이동하는 거였다.

애들 참 가엽죠? 애들 생각하면 재개발이고 뭐고 그냥 가만히 내버려뒀으면 좋겠어요. 얘네가 무슨 죄예요.

너는 바닥에 엎드리다시피 해서 싱크대 안을 살피며 그렇게 중얼거렸고,

사람들이 언제 이렇게 다 나갔을까요? 3구역 사람들이 다 이렇게 군말 없이 빨리 나가주면 참 좋을 텐데. 오늘 보니까

쉽지 않겠더라고요.

베란다 창 앞에 서서 멀리 3구역 쪽을 내다보며 혼잣말을 했다.

너는 길고양이를 끔찍이 생각하는 사람이고, 요령 있게 집을 사고 팔며 차익을 남길 줄 아는 사람이고, 내게 아무런 경계심 없이 사적인 이야기를 늘어놓는 사람이고, 누구나 관심 있어 하고 궁금해할 정보를 대가 없이 공유하는 사람이고, 낡고 오래된 것들은 말끔히 부수어야 한다고 믿는 사람이고, 몇 날 며칠씩 오지 않는 고양이를 기다리는 사람이고.

그러므로 결코 내가 다 알 수 없는 사람이라는 생각이 들었다.

어떻게 해도 너라는 사람을 다 알 수 없겠구나. 너에 대해 무엇을 상상하고 기대하든 그것은 어김없이 비껴나고 어긋나고 말겠구나. 집 안 구석구석을 살피며 필사적으로 고양이를 찾아다니는 너를 지켜보는 동안 나를 사로잡은 건 그런 예감이었다.

세림빌라에서 나왔을 땐 주변이 어둑어둑했다. 너는 건물 앞에 멈춰 선 채 가방을 뒤적거렸다. 사료 봉지와 유리그릇, 츄르와 약봉지 같은 것들이 뒤엉킨 가방에서 한참 만에 물티슈를 찾아냈고 한 장을 뽑아 내게 건넸다. 더러워진 손을 꼼꼼하게 닦은 뒤 네가 앞장섰고 내가 뒤따랐다.

이렇게 오래 있을 생각은 아니었는데 시간이 벌써 이렇게 됐네요. 피곤하죠?

고개를 들면 내가 사는 3구역이 그대로 내다보였고 그 너머로 상대적으로 높고 반듯한 1구역의 모습이 보였다가 말다가 했다.

3구역이 이렇게 생겼구나.

잠깐씩 고개를 돌릴 때마다 3구역은 넓어졌다가 어두워졌다가 깊어졌다. 높이감을 느낄 수 없는 건물들이 오밀조밀 모인 풍경은 웅덩이처럼 보였고, 재개발을 몇 번이고 반복한다 해도 이곳을 어떻게 바꿔놓을 수 없을 것 같았다.

피곤하면 다음에 가도 돼요. 태비는 제가 그냥 데려다놓으면 되거든요. 그래도 보고 싶지 않아요? 얘들 너무 예쁘잖아요.

그러나 몇 걸음 앞서 걷던 네가 그렇게 물었을 땐 나는 또다시 이끌린 듯 그러겠다고 대답하며 걸음을 빨리하고 있었다.

수상 후보작

박민정

신세이다이 가옥

박민정

1985년 서울 출생. 2009년 『작가세계』로 등단. 소설집 『유령이 신체를 얻을 때』 『아내들의 학교』 『바비의 분위기』, 중편소설 『서독 이모』, 장편소설 『미스 플라이트』가 있음.

후암동 옛집에 대해서는 누구도 먼저 말을 꺼낸 적 없었다. 가족들 사이에서는 그랬다. 그러나 밖에서의 나는 공공연히 후암동에 대해 말하곤 했다. 멀리 남산타워를 바라보며 끝없이 올라야 했던 낮은 언덕들과 지금은 카페가 된 옛 이웃집들이 있던 후암동에서 서울 토박이로서의 내 정서적 기반이 형성되었다고.

"아마 그 집들도 할머니 집처럼 권연벌레가 득실거렸을 거야."

종종 어린 나를 겁주기 위해 "말 안 들으면 삼광초등학교로 다시 전학 보낼 거야"라고 무섭게 을러대던 어머니는 얼마 전 넌지시 이야기했다. 그 집을 떠나고 몇 년 후 운전면허를 취득했을 때 후암동 쪽으로 차를 몰고 가본 적 있다고. 고가도로 밑에서 유턴하는데 속도를 줄이지 않아 옆에서 아버지가 고함쳤고, 어머니는 몇 번이나 시동을 꺼뜨려 줄담배를 피워대던 아버지에게 곧바로 핸들을 내주어야 했다. 그날 이후 어머니는 다시는 핸들을 잡지 못했고 이십 년을 장롱면허로 썩히다가 얼마 전 운전면허 갱신을 포기했다. 옛집을 떠난 이후 어머니의 입에서 '후암동'이라는 단어가 나온 적은 그때가 처음이었다. 그리고 얼마 지나지 않아 야엘이 한국에 왔다.

때문에 야엘이 한국에서 살았던 집에 대해 이야기했을 때, 나는 깜짝 놀라고 말았다. 야엘이 한국에서 살았던 곳이라면 후암동의 그 집밖에 없었다. 동생과 함께 이층 방을 썼던 게 기억난다는 그녀의 말을 듣자, 순식간에 내 머릿속에 마루와 방들, 화장실이 경계 없이 이어진 그 집의 정경이 떠올랐다. 야엘은 자기가 한국에 대해 기억하는 거라곤 그 집과 꼬마 소년뿐이라며 그 집에 가보고 싶다고 말했다. 남양주경찰서 접견실에서 아버지는 금단증상에 시달리는 사람처럼 계속 손을 떨었고, 간혹가다 짧은 영어로 야엘과 내 대화에 끼어들기는 했으나 대체로 가만히 있었다. 야엘은 처음 보는 사촌동생인 내게 주로 말을 건넸다. 사촌동생이라는 말이 그토록 공허하게 여겨지긴 처음이었다. 야엘은 아버지 쪽은 쳐다보지 않았고 가끔 어머니 쪽을 일별했다. 그녀가 오래전에 본 젊은 부부가 노년에 가까워진 모습으로 변했다는 걸 어떤 기분으로 바라보는지 궁금했다. 가족 접견이라는 이름을 단 만남이었으나, 야엘을 포함해 우리들은 그 어느 때보다 가족이란 이름에 걸맞지 않았다. 야엘은 자기를 김포공항까지 데려다준 작은아버지인 우리 아버지를 기억했으나, 그 딸에 대해서는 아는 바 없었다. 야엘이 한국을 떠난 1983년에 나는 아직 세상에 없었다.

마당 있는 집…… 이층에 우리 방이 있었고, 일층 부엌 옆쪽방이 아주머니 방이었다.

꼬마 소년. 작은 남자아이. 나의 가장 어린 동생.

아버지를 태우고 운전하는 건 처음이었다. 평생을 전방을 제대로 주시하지도 않고 한 손으로 운전하던 아버지는 그날 도저히 운전을 할 수 없겠다고 했다. 나는 긴장했다. 운전한 지 일 년밖에 안 되기도 했고 나는 유독 운전에 소질이 없었다. 고속화도로에서는 번번이 출입구를 헷갈렸고, 낯선 길에만 접어들면 내비게이션의 안내를 잘 알아듣지 못했고, 일방통행 골목을 역주행하는 일은 예사였다. 운전면허가 없는 남편을 태우고 다닐 때는 차라리 내 멋대로 할 수 있었지만 아버지가 조수석에 앉자 너무 긴장한 탓에 편두통이 밀려왔다. 의외로 아버지는 내 운전에 대해 아무런 타박도 하지 않았다. 그저 눈을 감고 침묵할 뿐이었다. 그날 운전은 평소보다도 엉망이었는데 말이다. 남양주 시내에 접어들었을 때, 좌회전 신호가 끝난 것을 알지 못하고 유도선을 도는 바람에 사방에서 경적이 울렸는데도 아버지는 눈을 뜨지 않았다. 어머니에게는 오래전 자신을 향해 고함을 지르던 남편의 모습이 떠올랐을 터였다. 위험천만했지만 아무도 입을 열지 않았다. 남양주 경찰서로 가는 길이었다.

오랫동안 꿈꾸던 일이 이뤄지듯 그렇게 야엘이 한국에 왔다.

언젠가 경찰서에서 연락이 온다면 누가 대표로 가야 하나, 나는 오래전부터 생각했다. 그녀가 말하는 꼬마 소년은 내 사촌오빠 강장훈이었고, 그는 이제 마흔을 넘겼다. 프랑스인 야엘 나임, 한국 이름 강장희. 강장희와 강장선과 강장훈. 삼 남매의 사진을 본 적 있었다. 강장희와 강장선은 내가 태어나기 전에 한국을 떠났다. 강장훈에게는 새어머니와 아버지 사이에서 태어난 두 동생이 있었는데, 강예리와 강예은이 그의 친동생이 아니라는 것을 나는 초등학교에 입학하기 전에 눈치챘다. 강장희와 강장선이 평생 한국을 찾지 않는다면 다행이겠지만, 만약 다른 입양아들이 그러하듯 그들이 제 부모를 찾아 한국에 온다면 누가 그들을 맞을 것인가. 새 가정을 꾸린 지 삼십 년이 넘은 큰아버지가? 그들의 존재를 아직도 모른다는 큰어머니나, 강예리와 강예은이? 그들을 외국으로 입양 보내자고 최초로 제안한 사람은 할머니였다. 그녀는 이미 죽고 없었다.

두 자매가 있다. 언니가 동생을 낳고 동생이 언니를 낳는다. 서로를 낳는 이 자매는 누구인가…… 스핑크스의 그 질문을 알게 되었을 때, 나는 강장희와 강장선을 떠올렸다. 정답은 낮과 밤. 옛날 옛적에 읽은 흔해빠진 이야기가 운전하는 내내 머릿속을 맴돌았다. 우리는 남양주경찰서에 도착할 때까지 야엘 나임이라는 사람이 강장희인지 강장선인지 모르고 있었다. 1983년, 그들이 한국을 떠나기 반년 전에 내 부모는 결혼식을 올렸다. 가족사진 한구석에 양장을 맞춰 입은 장희와 장선이 있다. 장희와 장선은 자주색과 곤색으로 색깔만 다른 벨벳 치마를 입고 있다(그건 내 어머니의 결혼 예단이기도 했다). 장희와 장선의 생김새는 서로 매우 닮아 있다. 큰아버지를 닮아 둥근 얼굴에 몽고주름이 선명한 외까풀 눈, 그리고 언젠가 외국 영화에서 본 표현대로 '꿀색' 피부. 아버지는 그녀들을 구분할 수 있을까. 야엘을 보고 그 사람이 장희인지, 장선인지 알아볼 수 있을까. 경찰서에 도착해 주차하면서 나는 아버지에게 물었다.

"누군지 알 수 있겠어요?"

아버지는 미간을 찌푸리며 대답했다.

"누군들 그게 중요하냐."

후암동 집은 할머니가 죽기 전 소유한 집이었다. 비록 좁은 골목에 다른 집들과 다닥다닥 붙어 있었지만 마당까지 딸린 엄연한 이층짜리 독채였다. 그 집을 떠올리면 담벼락에 피어 있던 능소화부터 생각난다. 후암동은 부모님 손에 끌려가던 무서운 친가가 있는 동네였고 어린 내게 능소화는 할머니 얼굴처럼 섬뜩하기만 했다. 사업을 하던 아버지가 기어이 고덕동 아파트까지 해먹고 우리가 후암동 집으로 들어가게 됐을 때, 고덕동에서 후암동으로 가는 내내 아버지는 자꾸만 화를 냈다.

"십팔 새끼들 운전을 개좆같이 하네."

그 말을 들은 어머니는 평소와는 달리 나로선 생전 처음 들어보는 쌍욕을 아버지에게 퍼부으면서 여기 너만 운전하냐, 란 말을 반복했다. 어머니가 진짜 하고 싶은 말은 따로 있다는 걸 나는 알고 있었다.

우리가 후암동 집에 살았던 기간은 일 년이 채 되지 않는다. 아버지의 소유였던 고덕동 아파트를 판 게 아니었으니까. 훗날 돌이켜보며 나는 완전히 망했다고 생각했던 그 어린 시절이 실은 그다지 망한 것도 아니었다는 사실에 놀라워했다. 나와 남편이었다면 그렇게까지 가진 게 없었을 때 아파트를 팔지 않고 버텨낼 수 있었을까? 고덕동 아파트를 전세 놓고 다시 사업을 벌인 아버지는 반년 만에 회복해서 나를 원래 다니던 초등학교로 전학을 보내주었다. 다시 학교에 갔을 때 나를 기억하는 아이들은 몇 되지 않았다. 학급 부원들이 "교가를 가르쳐줄게" 하면 나는 그 노래를 안다고 말하기가 쑥스러워 그냥 배웠다. 살던 집을 전세 놓고 나갔다가 세입자를 내쫓고 다시 집에 들어가는 과정에 대해서는 몰랐으나, 고덕동으로 돌아왔을 때 '모든 것이 제자리로' 돌아왔다고 느꼈던 순간에 대해서는 명확하게 기억하고 있다.

고덕동 아파트는 내가 스무 살이 되었을 때 재건축되었다. 아파트가 새로 지어지는 동안 우리는 근처 빌라에서 살다가

78년식 아파트가 초고층의 주상복합건물로 변신했을 때 다시 그곳에 들어갔다. 남편을 처음 만났을 때 그는 내게 "그래도 평탄한 유년 시절을 보내셨네요"라고 했는데, 나는 그 말이 기분 나빴고, 그 말의 진의가 뭘까 일주일 동안 생각했다. 그는 이름도 처음 들어보는 깡촌 출신인데 나는 서울에서 태어나 자랐기 때문에? 우리 집 숟가락 사정도 모르면서 그따위 말을 하는 데 기분이 상했었다. 연애할 때 우린 딱 한 번 크게 싸웠다. 결혼 얘기가 나오던 즈음이었는데, 그가 "그래도 자기네 집은 형편이 되니까……"라고 중얼거렸다. 사실 틀린 말도 아니었는데, 그때 나는 나도 모르게 후암동 집에 얹혀살던 시절이 떠올라 그에게 화를 냈다.

화가 났던 게 그것 때문만은 아니었다. 내게 부동산은 공포였다. 결혼 날짜를 넉넉히 일 년 후로 잡아뒀을 때부터 나는 스트레스에 시달렸다. 본래 식탐이 많았지만 그즈음에 나는 하루에 한 끼를 겨우 챙겨 먹었고, 죽어라 매달릴 건 그것밖에 없다는 듯 운동에 집착했다. 하루에 오 킬로미터씩 운동장을 뛰었고 줄넘기를 했다. 그런 나를 두고 친구들은 웨딩 다이어트를 하냐며 웃었지만 나는 정말이지 공포를 느끼고 있었다.

서울에 방 한 칸 얻는 게 그렇게 힘들지는 몰랐다. 나는 내내 부모님과 함께 살았기 때문에 자취하는 다른 친구들처럼 피터팬 같은 집 구하기 커뮤니티를 들락거릴 필요도 없었고, 강남이 비싸다는 것만 알았지 서울 각 지역의 시세를 전혀 몰랐다. 내 눈에는 다 무너져가는 집의 전세가 몇 억대라는 사실이 경악스러웠다. 남편의 집에서는 남편이 결혼할 때 주려고 마련해둔 돈 몇 천만 원이 전부라고 했고, 우리 집도 고덕동 아파트를 팔지 않는 이상 별다른 방도가 없었다. 남편의 입장에서야 우리 집이 그나마 괜찮아 보였겠지만 나는 그때 말 그대로 공포를 느꼈던 것이다. 내게 집값을 전부 떠넘기면 어쩌지? 강남은 당연히 꿈도 못 꾸고 마포나 강변 같은 동네도 말도 안 되게 비싸고…… 용산은 놀랍도록 비쌌다. 내게 그 동네는 우리 집이 망했을 때 기어들어간 동네였는데? 결혼을 준비하는 일 년 동안 나는 예전보다 더 많이, 더 깊이 후암동 집을 생각했다. 1980년대의 상황과 지금의 상황은 물론 다르겠지만 어떻게 할머니는 그 집을 소유했을까. 그러고도 어떻게 작은아들에게 떡하니 고덕동 아파트를 사주었을까? 어머니는 결혼을 앞둔 내게 농담하곤 했다.

"가난한 남자랑 결혼하려니 피곤하지?"

내 문제에 공감한다는 듯 말했지만 아버지와의 결혼을 앞둔 1982년에 어머니는 가난과는 다른 문제에 직면해 있었다. 그건 바로 강장희와 강장선과 강장훈, 세 아이들이었다. 예비 시댁의 사정은 만만찮았다. 결혼 전 어머니가 후암동 집으로 처음 인사를 드리러 갔을 때, 큰아버지의 첫번째 부인은 사라지고 없었다. 어머니는 그녀가 세 아이를 낳고도 그렇게 사라져버린 까닭을 얼마 안 돼 이해하게 됐다. 예비 시아버지는 돌아가신 후였는데, 그에 대해서는 "징용 끌려갔다 와서……"란 설명만 들었고, 어머니는 더 이상 묻지 않았다. 당시 후암동 집에 살고 있던 식구는 할머니, 큰아버지, 장희와 장선과 장훈, 그리고 시댁 될 집에 인사드리러 간 첫날 어머니를 놀라게 한 아버지의 여동생, 고모였다. 어머니는 고모를 처음 본 순간을 영원히 잊지 못할 거라고 했다. 할머니 때문이었다. 고모는 누가 봐도 임부라는 게 티가 날 만큼 배가 불러 있었는데, 무슨 말을 하려고 하면 할머니가 득달같이 고함을 질렀다고, 임신한 여자를 어찌나 구박해대는지 소름이 끼쳤다고 했다. 그래도 어머니는 그때 그길로 도망 나오지 않은 것에 대해서 평생 후회하지 않았다. 비정한 어머니에 홀아비인 큰형에, 그리고 어찌된 사정인지 홀몸으로 애를 배고 있던 여동생이 있었지만 아버지를 믿을 만한 남자라고 생각했으니까. "자기 사업도 하고 아파트랑 차도 있었으니까?"라고 내가 물으면 어머니는 눈을 흘겼지만, 그게 가벼운 이유가 아니라는 걸 결혼을 준비하는 동안 확실히 알게 됐다.

그때 고모가 품고 있던 아이는 내가 어린 시절에 유일한 사촌언니라고 믿었던(장희와 장선의 존재를 몰랐을 때) 강수진이다. 그녀는 친가의 손주들 중 가장 공부를 잘했다. 예리와 예은이 재수 없게 굴 때마다 앞장서서 내 편을 들어주기도 했다. 그녀는 중학교 때 자기 어머니를 일층 부엌 옆 쪽방에서 이층 큰 방으로 옮기는 데 성공했다. 남양주경찰서에서 야엘이 후암동 집에 대해서 기억나는 대로 말하며 "일층 부엌 옆 쪽방이 아주머니 방"이었다고 했을 때, 나는 그녀가 말하는 아주머니가 누구인지 단번에 알아듣지 못했다. 그녀는 고모를 말하는 것이었다. 일곱 살의 어린아이의 머릿속에도 깊숙하게 새겨졌을 그 모습, 할머니에게 지독하게 구박당하던 고모.

우리가 그 집에 살 때 할머니는 아침밥을 야무지게 먹고 등교하려는 수진의 뒤에다 대고 뜬금없이 독한 년이라고 욕을 했는데, 수진은 못 들은 척 씩씩하게 걸어 나갔다. 수진의 인내심을 시험하기라도 하려는 듯 그 뒤로도 욕을 퍼부어대던 할머니는 "언젠가 저년이 나를 죽일 거다"라고 뇌까리기까지 했다. 할머니가 돌아가시던 날 수진은 누구보다 열심히 울었다. 수진은 그때 서울에서 가장 들어가기가 힘들다던 외고 입학을 앞두고 있었고, 나에겐 동경의 대상이었다. 역시 수진 언니는 다르다. 나는 죽어라 쥐어짜내도 눈물이 나오지 않는데. 자기보다 어린 예리와 예은이 식모 대하듯 하는데도 담대하게 견뎠던 수진은 대학교에 입학할 때까지 후암동 집에서 버티며 살았다. 고모를 지키면서. 나는 채 일 년이 못 되는 시간도 버티기 어려웠던 후암동 시절을 생각하면, 지금은 대기업 소속 변호사가 되어 남부럽지 않게 살고 있다 해도 그녀가 가엾어진다. 어떤 종류의 기억은 사람을 영영 망가뜨릴 수밖에 없기에.

어머니는 1980년대 당시의 유행대로 결혼식에 앞서 약혼식을 올린 후 일 년간 출근하듯 후암동 집에 드나들었다. 장희와 장선과 장훈을 씻기고 먹였고, 출산을 앞둔 고모를 돌봐 주었다. 왜 도망치지 않았을까. 그땐 단지 아버지의 여자친구일 뿐이었는데. 나는 몇 번이고 물었지만 어머니는 대답하지 않았다. 다만 어머니는 그게 두려웠다고 했다.

딸 둘에 아들 하나를 낳게 될까 봐.

나를 낳은 후 더는 아이를 낳지 않기로 한 부모님은 종종 할머니의 막말에 시달려야 했다. 유치원에 다닐 적엔 나도 그 말을 또렷이 들었다.

"너희들은 왜 피임을 하는 것이냐? 죄받고 싶냐?"

나는 그 '죄받는다'는 말을 할머니에게서 배웠다. 가톨릭은 불교, 개신교에 이은 할머니의 세번째이자 마지막 종교였다. 성당에서 그런 말을 들었던 걸까, 짐작해보기도 했다. 피임도 유산도 죄받을 일이라는 말. 그러나 할머니는 혹시 생기는 게 딸이면 떼버리라는 말도 거침없이 했다.

딸 둘에 아들 하나란 아직도 설명이 필요한 자녀 구성이다. 많은 친구들이 "저희 집은 딸 둘에 아들 하나고요, 막내는 우연히 생긴 거래요"라거나, "저희 집은 딸만 셋이어도 괜찮았는데 남동생이 생긴 거래요"라는 식으로 둘러대는 걸 봤다. 물론 그 어떤 경우에도 내 큰아버지의 자식들, 장희와 장선과 장훈의 사례에 비할 수는 없었다.

어머니는 장희와 장선을 입양 보내는 날까지 그 사실을 몰랐다. 결혼한 지 육 개월이 지났을 때였고 후암동 집에 거의 붙어살다시피 했는데도. 그날도 어머니는 후암동 집에서 수진을 낳은 지 얼마 되지 않은 고모와 장희 삼 남매를 돌보는 데 여념이 없었다. 애들 넷을 보살피는 꼴이었다. 그런데 나란히 노란 가방을 메고 당시 탁아를 겸하던 미술학원에 간다고 나간 장희와 장선이 밤늦도록 돌아오지 않았다.

그 시절 어머니와 장희와 장선이 함께 찍은 사진이 있다. 주황색 능소화를 배경으로 어머니는 두 아이들의 어깨를 붙들고 있다. 아이보리색 투피스 정장 차림이다. 어머니는 언젠가 말했다.

"난 그건 기억난다. 장선이가 작은엄마 왜 요즘은 예쁜 옷 안 입어요, 했던 거."

그렇게 차려입고 예비 시댁에 가서 애들 보는 것부터 김장하는 것까지 다 했다고 했다. 그런데 그 말밖에는 딱히 장희와 장선이 어떤 말을 건넸었는지 기억나지 않는다고 했다. 묻는 말에도 대답을 잘 안 하던 아이들이었으니까. 아니, 어른이라면 덜컥 겁부터 내던 아이들이었다. 그런데 어느 날 변죽좋게 그런 말을 해 와서 기억이 난다고 했다.

"뭔가 내 처지를 알고 하는 말 같기도 하고…… 그때는 솔직히 그 애들에게 많이 지쳐 있었어. 그래서 그 말에 대답을 안 해주었던 것 같다. 시큰둥하게 그냥 한번 보고 말았지."

어머니는 자기가 기억하지 못하는 수많은 순간에 아이들에게 눈치를 줬으리라고 술회했다. 야엘은 어머니를 어떻게 기억할까, 나는 궁금했다.

대개 입양아들이 고국을 찾아오는 용건은 친부모를 찾기 위해서다. 하지만 야엘은 아니었다. 야엘은 우리가 경찰서에 도착하기 전에 자신의 의사를 분명히 밝혔다고 했다. 자기에게는 부모가 없다는 식으로 말했는데, 그게 비유인지 아닌지 잘 모르겠다고 경찰이 이야기했다. 그 집, 그리고 꼬마 소년. 야엘이 한국에 대해 기억하는 건 그것뿐이고, 한국에 온 까닭은 생전에 막냇동생을 꼭 한 번 만나보고 싶어서라고 했다. 오직 아들이어서 한국에 남을 수 있었던 막냇동생 장훈. 그녀가 자기를 버린 아버지를 찾을 의사가 없다는 건 얼마간 다행스러운 일이었다. 야엘은 끝내 장선에 대해서는 이야기하지 않았지만 야엘과 대화를 하다가 나는 그녀들이 각각 다른 나라에 입양되었다는 걸 알게 됐다. 아이들을 데리고 김포공항에 나갔던 아버지조차 모르던 사실이었다. 야엘은 홀로 프랑스로 가 북동쪽 소도시 스트라스부르에서 평범한 가정의 외동딸로 자라났다고 했다. 아버지는 으레 해야 하는 말을 하는 것처럼 짧은 영어 문장으로 야엘에게 말을 걸기도 했는데, 결국 마지막 질문은 "결혼은 했니?"였다.

야엘은 정형외과 전문의와 결혼한 지 십 년이 넘었다고 말했고, 그때 부모님의 얼굴에 처음으로 안도하는 기색이 어렸다. 나는 야엘에게 그녀가 그토록 보고 싶어하는 막냇동생 장훈의 메일 주소를 적어주었다.

야엘은 한국에 며칠 더 머무를 거라고 말했는데, 알고 보니 야엘은 남편과 함께 한국에 온 거였다. 야엘이 굳이 나올 필요가 없다고 했는지 그녀의 남편은 끝내 차에서 나오지 않았다. 어머니는 심란해하며 말했다.

"프랑스인이겠지?"

돌아가는 길에도 운전은 내가 해야 했다. 아버지가 자꾸 머리가 아프다고 했다. 나는 고덕동까지 가는 길을 머릿속으로 그려보며 심호흡을 했다. 심장이 아프다고 느꼈는데, 운전을 해야 하는 탓에 긴장한 것이라고 생각했다. 그냥 아버지를 이해하고 싶기도 했다. 아버지에게는 야엘을 만나는 순간이야말로 필생의 순간이었을 것이다. 1983년에는 미처 알지 못했겠지만.

장훈은 장훈대로, 수진은 수진대로 참 대단하다고 생각했던 건 그들은 후암동 집의 쇠 냄새에 대해 아무 말도 하지 않았기 때문이다. 그 집에 살던 시절 나를 괴롭혔던 건 특유의 쇠 냄새였다. 냄새의 원인은 그릇과 수저에 있었다. 어머니는 결혼 예단으로 갖가지 물건을 해왔는데, 할머니가 고집을 부리며 그릇붙이 따위는 필요 없다고 했다는 거였다. 아직도 후암동 집을 생각하면 그 비릿한 냄새가 코끝에 맴도는 것 같다. 거무튀튀한 쇠 그릇에 담긴 반찬도 밥도 먹기 싫었지만 할머니 앞에서 밥투정이란 있을 수도 없는 일이었고, 묵묵히 밥을 먹는 사촌들을 보는 게 미안하기도 했다. 특히 장훈과 수진을 보는 마음이 그랬다. 장훈은 할머니가 죽고 못 사는 손자여서 비싼 배나 멜론 같은 것이 생기면 혼자만 먹을 수 있었고, 제사에서 절을 할 수 있는 유일한 손주였는데도 나는 늘 그가 불쌍했다. 그에게 어린 시절에 떠나보낸 누나들이 있다는 걸 몰랐을 때부터. 예리가 시도 때도 없이 장훈을 걷어차는 걸 봤기 때문이기도 했다. 예리와 예은 자매에 대해서는 별로 추억하고 싶은 것도 없고, 그녀들도 후암동 집에서 나름대로 버티며 어린 시절을 보냈다는 것에 대해서도 동정하고 싶지 않다. 내게 그 집에서 나 말고도 불쌍한 딸은 수진뿐이었다.

예리는 한참이나 언니인 수진에게 종종 너, 너 하며 반말을 했는데 그때마다 수진은 웃고 말았다. 수진은 키도 크고 덩치도 커서 곰 같았다. 둥글넓적한 얼굴이 희디희어서 백곰 같았던 수진은 온순한 곰처럼 예리와 예은의 예의 없는 행동을 참아냈다. 다만 그녀들이 내게 손찌검을 하려 들 때나 할머니에게 터무니없는 내 험담을 할 때면 미간을 찌푸리며 언성을 높였다. 그럴 때마다 나는 수진이 쓰고 있는 작은 무테안경마저도 의젓해 보인다고 생각했다. 양보도 잘하고 인내심도 강한데 화도 낼 줄 아는 언니.

나는 그녀가 후암동 집에서 이십 년 가까이 살았다는 게 여전히 믿기지 않는다.

그 집에 대해 다른 방식으로 말해볼 수도 있다. 철근콘크리트 블록조에 아스팔트로 방수 처리된 평지붕의 일본식 고택. 그 집을 일본식이라고 말할 수 있는 건 실제로 그 집이 해방 전에 지어지기도 했고, 다다미방이 있는 것이나 마루와 방들과 화장실이 경계 없이 이어져 있다는 점에서도 그랬다. 해방 전에 지어진 고택이 어떻게 징용공 출신의 남편을 둔 아내에게 넘어왔는지 알 수 없었으나, 분명 그 집은 한때 일본인의 소유였을 터였다. 후암동 그 골목의 집들이 죄다 그런 구조로 이루어져 있다는 건 결혼을 준비할 때 알았다. 도대체 용산이 왜 이렇게 비싼지 알아보다가. 어릴 땐 그 이름을 알지 못했던 권연벌레가 나다니던 집. 마당이랍시고 송충이가 심심찮게 돌아다니던 집. 어느 날 수진이 제 발로 기어나가려다가, 정말이지 '기어나가려다가' 할머니에게 들켜 두들겨 맞았던 집.

그 일은 우리 가족이 그 좁은 집에 비집고 들어가 얹혀살 때 일어났다.

나는 밤마다 꼭 두 번은 깨어나 화장실에 가는 아이였는데, 그게 후암동 집에서 살 땐 보통 곤혹스러운 일이 아니었다. 나중에는 보다 못한 어머니가 내게 약을 먹이기까지 했지만 쉬이 고쳐지지 않았다. 문제는 부모님과 내가 머물던 방에서 화장실에 가려면 반드시 할머니의 방을 거쳐야만 하는 데 있었다. 처음에 할머니는 송충이처럼 오소소 걸어가는 나를 발견하곤 "아이고, 애, 걸거쳐라" 하고 말았는데, 날마다 반복되자 나를 앉혀놓고 따귀를 때렸다. 부모님이 달려와서 항의하는데도 애 버르장머리를 운운하며 고함을 지르자 어머니는 처음으로 할머니에게 소리를 지르며 반항을 했다. 그때 아버지에게 매달려 있던 내가, 어머니를 노려보며 쌍욕 하던 할머니를 향해 이 집에 망령이 들었나, 중얼거렸다고 나중에 부모님이 말해주었다. 기가 센 할머니조차 깜짝 놀라 나를 뜯어봤다고 하는데, 내 기억엔 없지만 그게 사실이라면 내가 그 말을 할 수 있었던 건 그 말도 할머니에게 배웠기 때문일 것이다. 할머니가 수진을 보며 그 말을 한 적이 있었다.

여름방학이었다. 수진은 하루 종일 공부만 했다. 학원이나 과외 수업을 받지 않아도 수진은 항상 공부를 잘했다. 놀러 나가지도 않고 텔레비전이나 만화책 따위를 보지도 않고 앉은뱅이책상에서 공부만 하는데도 할머니에게 칭찬을 받기는 커녕 "애, 거시기야, 물 좀 떠와라" 같은 말만 들었다. 항상 일층에서 부엌일을 하던 고모가 어쩐 일인지 집을 비우고 집 안에는 할머니와 수진과 나밖에 없던 여름의 한낮. 나는 선풍기 앞에 바짝 다가가 입을 벌린 채 바람을 쐬고 있었고 할머니는 성당에서 돌아온 참이었다. 할머니가 갑자기 "요년이 미쳤나?" 소리를 꽥 질렀다. 달려가보니 할머니는 수진의 허리를 붙들고 있었고, 수진은 그 덩치 큰 몸을 비틀며 할머니의 손아귀에서 빠져나가려 애쓰고 있었다. 수진은 자꾸만 창 쪽으로 기어올라가려고 했는데, 나는 눈앞에 펼쳐진 광경에 놀라 어쩔 줄 모르고 발만 굴렀고, 할머니는 내게 가만히 서 있지 말고 얼른 와서 요년 좀 붙잡으라고 고함을 질렀다. 종종 수진을 따라 창밖을 바라보면 땅은 까마득히 멀어 보였다. 그렇게 수진을 놓쳐버리면 큰일이 난다는 것을 서슬 퍼런 할머니도, 나도 알고 있었기에 나는 사력을 다해 수진의 다리에 매달렸다. 그러다가 할머니는 급기야 울부짖듯 "아이고, 장희, 장선이가 어디서 뒤졌나 보다. 장희, 장선이 망령이 들었나 보다"라고 말했고, 그 순간 나는 그들이 누군지 단번에 깨달았다. 어머니가 가끔 아버지를 비웃듯 던지던 말이 있었다.

"딸들이라고 그렇게 버려놓고."

그때 말하는 딸이 고모인지 수진인지 헷갈렸지만 때로 아버지가 발끈하며 "그래서 우리 집이 근본 없는 집구석이라고 말하고 싶은 거야?" 할 때면, 거기엔 내가 모르는 이야기가 숨겨져 있겠거니 싶었다. 그 딸들이 바로 장희와 장선이었다.

나는 그날에 대해서 부모님에게 이야기하지 않았다. 수진을 지켜줄 수 없어 안타까웠다는 것도. 그날이 후암동 집에서 가장 끔찍한 날이었다는 것도. 나는 수진의 다리에 하염없이 매달려 있었고, 힘에 부쳐 보이는데도 계속해서 수진을 때리던 할머니는 한참 후에야 맥빠진 목소리로 "자빠진 강아지 앙알대듯 요년이"라고 말하며 매질을 거뒀다. 할머니의 마지막 말은 이랬다.

"그렇게 나가고 싶으면 네 에미랑 같이 처나가거라."

나는 아직도 그날 수진이 왜 창으로 기어올라가려고 했는지 모른다. 스무 살이 될 때까지 버티며 살았는데, 그땐 왜 도망가려고 했을까. 나이가 들며 수진과의 연락도 뜸해졌고 언제라고 수진과 속 깊은 이야기를 할 기회도 딱히 없긴 했지만, 그날에 대해 언급해서는 안 된다고 생각했다. 다만 끝내 나를 혼란스럽게 만들었던 건 그날 죽어라 수진을 붙들던 할머니의 모습이었다. 할머니는 왜 수진을 두고 장희와 장선을 떠올렸을까. 딸들의 불우함이 마치 내력인 양 할머니는 왜 그녀들을 동일시했을까.

성당 정도는 나가야 끗발이 없어도 장례식이 붐빈다던 할머니의 말답게 장례식장은 할머니의 본당 교우들로 넘쳐났다. 빈소를 가득 메운 교우들의 연도(煉禱)가 이어질 때, 수진은 구석에 앉아 엉엉 울었다. 할머니가 천국에 갈 수 있을까? 나는 할머니의 영정사진을 보면서 할머니가 어머니에게 쌍욕을 퍼붓던 순간을 떠올렸다. 울기는커녕 누가 쥐어박는대도 눈물이 날 것 같지 않았다. 예리가 나를 툭 치며 "언니는 울지도 않아?" 쏘아댔다. 그리고 수진의 옆에 다가가 사이좋은 척을 하며 울기 시작했다. 그저 나는 그들을 멀리서 바라보며, 마치 고딕소설의 한 장면처럼 망령이 깃든 집에서 빠져나가려 애쓰던 수진과 그녀가 악령이라도 되는 듯 그녀를 붙들던 할머니를 자꾸만 생각할 뿐이었다.

야엘을 만나고 온 후 나는 가장 궁금했던 걸 아버지에게 물어보았다. 할머니가 어떻게 그 집을 소유하게 되었는지. 아버지는 기억을 더듬으며 말했다.

"1970년대 후반이었나, 그 일대가 완전히 바뀌었던 때가."

큰아버지가 열 살 때부터 할머니와 함께 시장통에서 장사를 하며 악착같이 돈을 모았는데, 1970년대 후반에 강남과 동부이촌동 개발로 그 일대의 집값이 왕창 떨어져 할머니와 큰아버지가 평생 모아온 돈으로 마련한 집이라고 했다. 특히 일본 사람들이 살던 문화주택단지는 귀신이라도 들린 양 다들 꺼렸다. 할머니는 그 집을 사면서 매우 만족했다고 했다. 이렇게 마당도 딸린 기와집이 똥값이라니 행운이라며 좋아했다고. "일본 사람들이 버리고 간 집이면 어떠냐? 일본 귀신이 들린 집도 아닌데"라며 할머니는 그 일대 주택을 기피하는 사람들을 비웃었다고 했다. 아버지의 그 말을 들으며 나는 '망령 든 집'이라고 소리치며 수진을 붙들던 할머니의 모습을 떠올렸지만 입을 다물었다. 아버지는 내가 그렇게 싫어하던 삼광초등학교도 오래전엔 일본 애들만 다니던 소학교였다고 했다.

"후암동도 부자 동네였을 때가 있었다. 그런데 지금은 누가 거기서 살려고 하냐? 용산이라고 다 같은 용산이 아니란다."

그건 그렇지, 나는 생각했다. 같은 강남이어도 청담동과 포이동이 다른 것처럼. 마찬가지로 어떤 사람은 반포동과 내곡동을 같은 서초구라고 생각하지 않는다. 이런 걸 아예 몰랐으면 좋았을 텐데, 오랫동안 서울에 살다보면 알게 되는 쓸데없는 정보들이었다. 내가 잠실에 있는 고등학교에 다니던 시절에는 용산에서 전학 온 아이를 두고 '강북 애'라고 놀리던 아이들이 있었다. 안양 출신의 대학 동기가 "나는 서울 애들이 동작구를 강남으로 안 친다는 걸 대학 와서야 알았다"고 했을 때 나는 이 일화를 들려주었다. 친구는 용산이 얼마나 비싼데, 하며 웃었다. 게다가 내 기억에 그 아이는 옥수동 아이였다고 하자 친구는 더 크게 웃었다. 옥수동 애를 두고 송파구와 강동구에 사는 애들이 강북 애라고 놀렸다니 코미디라며. 남편은 이런 이야기에 그다지 공감하지 못했고, 때로는 "역시 서울 토박이는 다르네"라고 말해서 내 신경을 거스르기만 했다. 몇 년 전 남편과 연애 중일 때 그의 고향에 간 적이 있었다. 그 동네의 이름이 입에 잘 붙질 않아 난처했다. "자기네 동네가 울진이었나?" 물으면 남편은 어이없어하며 "아니, 울진은 원자력발전소 있는 동네고 우리 동네는 죽변" 하고 대답했다. 죽변은 아주 작은 어촌이었다. 행정구역상으로는 '울진군 죽변면'인데 그는 꼭 울진과 죽변은 다른 동네라고 구분해서 말했다. 언젠가 그에게 '그게 바로 내가 고덕동과 둔촌동을 구분하는 이유다'라고 말하고 싶었지만 그만두었다. 결혼을 준비하는 혹독한 과정을 거치며 남편도 서울에 대해서 조금은 깨닫기 시작했다. 내게 깃든 후암동 집에 관한 기억이 어떤 것인지에 대해서도 아주 조금은.

야엘이 후암동 집에 가보고 싶다고 말했을 때, 나는 딱히 대답할 말을 찾지 못했다. 장훈의 메일 주소야 얼마든지 전해줄 수 있었지만, 지금 후암동 집은 친척들 중 누구의 소유도 아니었고, 장희와 장선의 망령이 들었다는 할머니의 말마따나 모두에게 지긋지긋한 옛집일 뿐이었다. 그 집이 헐리지 않고 그대로 있으리란 보장도 없었다. 그리고 지금은 야엘이 된 강장희가 굳이 그 집에 가보고 싶은 까닭이 대체 뭐란 말인가. 뭐 좋은 기억이 있다고.

하지만 한편으론 이런 생각이 들기도 했다. 서울 사람들이 그토록 자주 이 구역에서 저 구역으로 이사 다닌다는 걸 프랑스 사람인 야엘은 모를 수도 있겠다고. 미술학원에 가는 줄 알고 나갔다가 다시는 돌아가지 못했던 어린 시절의 옛집에 가면, 미처 프랑스까지 챙겨가지 못했던 애착인형이나 스케치북, 혹여 어렸을 적의 사진첩 따위가 남아 있으리라고 생각할지도 모른다고도. 동생 장선과 장훈과 함께 지내던 시절의 한 자락이 거기 남아 있다고 여길지도 모른다고.

그렇지만 내가 할 수 있는 건 여기까지라고 생각했다. 아버지는 말했었다.

"장희는 의사랑 결혼해서 잘산다니 다행이고 장선이도 어딘가에서 잘 살아 있겠지."

잘사는지 못사는지 모르면서 나까지 그런 무책임한 말을 늘어놓고 싶지는 않았다. 장훈에게도 따로 연락하거나 일이 어떻게 되어가고 있는지 묻지 않았다. 장훈이 친누나를 만나고 큰아버지가 곤란해한다는 그따위 구질구질한 이야기를 듣고 싶지 않았다. 물론 남편에게도 털어놓지 않았다. 그녀들이 불쌍하고 돌아가신 할머니가 지독히도 모질었다는 뻔한 이야기를 하고 싶지 않았다.

야엘에 대한 생각이 가끔 걷잡을 수 없이 커질 때면 나는 나도 모르게 구글 지도 앱을 켜 야엘이 사는 도시라는 스트라스부르를 검색했고, 맥없이 그 동네를 손가락으로 더듬어보았다. 어느 날엔 그러다 문득 '삼광초등학교'를 검색했는데,

내가 줄넘기와 크레파스를 사던 삼광문방구가 아직도 있다는 걸 알고 반가워하다 '일본인 문화주택단지'라는 이름을 발견하고 깜짝 놀랐다. 할머니의 소유였던 후암동 집을 비롯해 그 일대를 부르는 말이었다. 신세이다이, 미요시와, 쓰루가오카 가옥…… 낯선 외국어들이 '두텁바위길'이란 순 한글과 함께 뒤섞여 있었다. 나는 능소화가 핀 그 집 담벼락을 올려다보며 집에 들어가기 싫어 발을 질질 끌었던 어린 시절을 떠올렸고, 쇠고기뭇국을 먹든 사골곰탕을 먹든 항상 비릿한 쇠 냄새에 비위가 상했던 걸 생각했다. 수진은 전부 잊어버렸을까. 나는 후암동 집에 멋대로 신세이다이 가옥이라는 이름을 붙여보았다. 장희가 야엘이 되었듯. 사람들이 그런 집들을 적산가옥이라고도 부른다는 것은 꽤 나중에 알게 되었다.

수상 후보작

박솔뫼

영화를 보다가 극장을 사버림

박솔뫼

ⓒ이정미

2009년 『자음과모음』 신인문학상으로 등단. 소설집 『그럼 무얼 부르지』 『겨울의 눈빛』 『사랑하는 개』, 장편소설 『을』 『백 행을 쓰고 싶다』 『도시의 시간』 『머리부터 천천히』 등이 있음.

영우가 아직 가보지 못한 곳에는 뉴욕 런던 자카르타 토론토 상하이뿐만 아니라 광주 통영 울산 제주 서귀포 전주 광양 보령도 있었다. 종종 어떤 곳은 가보지 않았지만 가보았다고, 이해하고 있다고 여겨졌다. 영우는 광주에 가게 되었고 후에 전부는 아니지만 다른 장소들도 몇 군데 가게 된다. 상문은 순천 사람인데 대학 때부터 서울에서 살았다. 상문은 순천에 살 때 부산에 자주 갔다. 광주에서 대구나 부산을 바로 가는 기차는 없어서 버스를 타야 했지만 순천과 부산은 그래도 가까운 편이었다. 부산에 갈 때 포항과 대구를 들른 적이 있어서 상문은 바다와 바다가 있는 도시와 그 외 가보지 못한 많은 도시를 이해하고 있다고 생각했다. 버스 터미널이 있고 역이 있고 시청이 있고 금은방과 식당이 있었다. 빈 골목에 서 있으면 사람들이 지나갔고 그보다 많은 사람들이 차를 타고 지나갔다.

녹음기 버튼을 여러 번 확인하고 카메라도 챙겼지만 중요한 것은 손으로 적는 것이 마음 편하다고 생각하고 그러다 모든 도시는 같아. 거기에는 똑같은 것이 있고 똑같지 않지만 다시 만날 수는 없는 것들이 있다, 여러 번 걷고 걸어도 그런 방식으로 모든 도시는 같다고 또 생각했다. 시간이 많은 두 사람은 미리 광주에 도착하여 주변을 살피며 하루를 보냈다. 상문은 친구의 빈 작업실을 소개 받아 영우와 짐을 풀었다. 밤에 나가니 주변은 오래된 건물뿐이었다. 다음 날 미리 받은 주소의 한복집으로 가 서명운 감독의 따님을 만나러 왔다고 하였다. 한복집 주인은 그 사람은 한복집을 하는 것이 아니라 건물 주인이라고 했다. 한복집 주인이 걸어준 전화로 둘은 딸과 약속을 잡았다. 길을 걷는데 구름이 선명하고 도서관을 향해 심긴 나무들의 잎들이 흔들거렸다. 왜 당신들은 미리 연락을 하지 않고 다짜고짜 찾아와 전화를 하는 거요? 광주에 오기 전에 연락이 되는 사람도 있고 안 되는 사람도 있어서 연락이 되는 사람과 약속을 하는 김에 여기에 와보기로 하였던 것이다. 한복이 의외로 예쁘다고 생각했어. 상문은 한복집 안 에어컨이 정말 세게 틀어져 있었고 맥심모카골드 대신 오래된 커피 메이커에서 커피를 내리고 있던 것이 인상적이었다. 초등학교 앞을 지나는데 아이들이 만화에서처럼 우르르 뛰어나갔다. 둘은 도서관으로 들어가서 광주

지역 주요인물 자료만 모아둔 곳으로 갔다. 서명운 감독 딸의 이름은 서마리였는데 그분은 내일 만날 예정이고 광주에 가기 전 연락이 닿아 미리 만나기로 약속한 사람은 조구택 선생이었다. 서명운 감독도 서마리 씨도 광주 출신은 아니었고 연고도 없었으나 서마리 씨는 이혼 이후 광주에서 살고 있다고 했다. 둘은 혹시 모르니 조구택 선생 관련 자료를 더 찾아보았다. 그 구역에는 지방 대학의 초대 총장인 조기택에 관한 자료가 많았다. 조기택은 여수 누구누구 댁의 차녀 모씨를 아내로 삼아. 빛이 책장 사이에서도 움직이고 사람들은 앉아 있고 영우는 아내로 삼는다는 말을 이상하다고 생각하면서 며칠 뒤 만날 조구택 선생이 아니라 친일파의 자손인 조기택 지역 사립대학 설립자이자 초대 총장에 관한 자료를 열심히 읽었다. 그 사람은 광주 시민단체에서 작성한 반민족 인물 목록에도 포함되어, 한때 대학에서 동상을 철거하는 것이 논의되었다고 한다. 그러나 그의 동상은 철거되지 않았고 대신 그의 친일 행적을 기록한 안내문이 동상 앞에 세워졌다고 한다.

"서마리 씨는 이 근처에 자주 와요. 그런데 연락처를 몰라요?"
"그게, 주변에 물어봐도 잘 모르시더라고요."
"커피 한잔 드세요. 물어보고 알려드릴게요."

한복집 안은 시원했고 주인은 한복을 입고 있지 않았다. 몸에 붙는 짙은 연두색의 여름 니트와 검정 스커트를 입고 있었다. 상문은 실제로 조구택의 자료를 찾는지 아니면 다른 뭔가를 하는지 도서관 안에서 열심히 자료를 찾고 있었고 영우는 조기택이 대학을 설립한 이야기를 읽었다. 눈으로는 조기택의 개인사를 읽으며 머릿속으로는 조구택의 일화를 떠올렸다. 이름이 비슷한 두 사람은 집안 환경과 교육 받은 정도는 달랐고 아마 성격도 무척 달랐을 듯하지만 광주 전남 지역을 중심으로 활동했고 나이 차는 스무 살을 넘지 않았다. 부자였고 정말 둘 다 꽤 부자였다. 당시 조구택 선생은 현금 부자였고 영화 제작과 상영에, 특히 상영에 돈을 많이 댔다고 한다. 조구택 선생을 만나려고 왔지만 둘이 아는 것은 그 정도였다. 그때 조구택이 알고 지내던 영화인 중 한 명이 서명운 감독이었는데 그는 두어 달 전 세상을 떠났다. 상문은 서명운 감독의 영화를 실제로 극장에서 본 적은 없었다. 상문은 서명운 감독의 친구인 이두현 감독의 영화들은 극장에서 본 적이 있다. 상문이 어릴 때 아버지가 일을 보기 위해 극장에 상문을 앉혀놓고 나간 적이 있었다. 상문이 어릴 때 개봉작을 본 것이니 이두현은 그러고 보면 그럭저럭 오랫동안 영화를 만든 셈이었다. 사람이 너무 많다는 생각, 떨린다는 생각, 나이 든 사람이 무섭고 앞으로 할 일이 의심스럽고 그런 식으로 자신이 하려고 마음먹은 일을 생각하다가 이두현 감독에 관해 쓰려다가 왜 초대 총장이자 대학 설립자인 조기택에 관해까지 읽고 있는가 생각하다가 커피를 마시며 서마리의 전화를 기다리고 연두색과 검정색은 어울리는가 생각하고 어쩌면 한복집도 처음 와본 것일지도 모른다 생각했다.

영우는 이두현의 영화를 뒤늦게 보았지만 이전부터 보아온 것 같다고 줄곧 생각했다. 조기택에 관해 읽다가 어쩌다 이걸 읽고 있는지에 대해 매 순간 생각하다가 두 시간쯤 지나서 둘은 도서관을 나왔다. 이두현 감독은 예순이 넘어 일본으로 이민을 갔다고 전해지고 이후는 자세히 알려진 바가 없다. 원래 연고가 있었다고 하는데 그래도 이민이 쉬운 일인가 궁금해졌고 이두현은 이후 일본에서도 회고전을 했다고는 하는데 그 사람이 실제 어떻게 지내는지는 자세히 알려진 바가 없었다. 그가 비밀스러워서라기보다 그에게 관심을 적극적으로 표하는 사람이 없는 것일 수도 있다. 상문은 서명운 감독의 특집 원고를 쓸 것이라고 했고 영우는 이두현 감독을 주제로 한 논문을 쓸 것이라고 했는데 그들 모두가 한때 만나서 모여 놀고 어울린 것 같기도 하고 그런 생각을 하다보면 왜 한복집에까지 갔나 왜 조기택의 일생을 읽고 있나 정말 집에 가고 싶다는 생각이 끼어들었다. 영우는 재작년부터 후쿠오카 미술관의 필름 아키비스트와 메일을 주고받게 되었는데 그 사람은 한 번도 한국에 와본 적이 없다고 했다. 그는 서울도 부산도 가본 적이 없고 도쿄도 스무 살이 넘어서 가보았다고 했다. 오키나와도 삿포로도 가본 적이 없고 아오모리도 하코다테도 가본 적이 없고 니가타도 못 가봤습니다. 그런데 오하이오에서 한 학기 교환학생으로 지낸 적이 있다고 하였다. 왜 이두현 감독의 영화를 늦게 보았으면서도 줄곧 그의 영화를 보았다고 생각했을까 더듬어 생각해보니 그에 관한 몇 편의 글을 읽은 적이 있었다. 그중 한 편은 그 아키비스트가 쓴 것이었다. 그는 이렇게 말했다. 아니 썼다.

「강의 사람들」은 오래된 집에서 제사를 지내는 장면으로 시작한다. 제사 풍경은 영화가 끝날 때쯤 한 번 더 등장한다. 중요한 장면인 듯하지만 무엇을 뜻하는지 알 수는 없었다. 이두현은 단지 과거에 죽은 이들이 있고 현재 그것을 기억하는 이들이 있다는 단순하고 분명한 사실을 알리기 위해 그러한 장면을 넣었을지 모른다. 그는 나중에 한 인터뷰에서 영화를 찍으러 가니 이웃에서 제사를 지내고 있기에 보이는 것을 찍었다고 말한다. 이와 비슷하게 영화에서는 큰 어른이 닭을 잡는 장면이 등장하는데 그는 화면 밖에서 닭을 잡는다. 산책하는 사람이 지나가는 것처럼 닭이 보이고 소리가 들리고 큰 어른의 손이 무언가를 잠시 움켜쥐는 것 같은 동작이 있고 그리고 다른 일들이 벌어진다. 「강의 사람들」뿐만 아니라 이두현의 영화에서는 무척 인상적이게 찍힐 것이 분명하고 중요해 보일 법한 장면들이 프레임 밖에서 벌어지는 경우를 자주 본다. 가끔 프레임 밖에 또 다른 카메라가 있다면, 그 카메라에 찍힌 발버둥치는 닭과 흰 한복을 입고 앉아 묵묵히 닭을 잡는 나이 든 남자의 얼굴을 찍은 장면들이 포함된 영화를 보고 싶다는 생각을 한다. 하지만 그런 영화는 없다. 이러한 생각을 전개시켜나간다면 이두현은 찍어 마땅한 것을 찍지 않은 사람이 될 것이다. 그러한 선택에 그의 의지가 보이기도 하고 이두현은 뭔가를 하는 것이 지겨워 보이기도 한다. 무언가를 중요해 보이게 만들고 사람들을 집중시키는 일을 이 영화감독은 지겨워하는 것이다.

영우는 이 글 때문인지 「강의 사람들」을 줄곧 봤다고 생각했다. 흰 한복을 입은 사람들이 제사를 지내는 흑백 화면이 기억에 있었고 쭈그리고 앉아 닭을 잡는 중년 남자를 봤다고 생각했다. 실제로 영화를 보고 나서 그것이 글을 읽고 나서 만들어낸 이미지임을 알았지만 영화에 대한 감상은 보기 전과 다른 것이 거의 없었다. 아키비스트는 영우가 조구택과 서명운 감독의 딸인 서마리를 만난다고 하자 본인도 가겠다고 하였다. 마침 그때 광주의 극장에서 진행되는 프로그램에 발표자로 섭외가 되었다고 하였다. 서울도 부산도 가본 적이 없지만 광주에 갑니다. 도서관을 나온 둘은 근처에서 커피를 마셨다. 한복집에서는 잠깐이었지만 커피 메이커로 내린 커피를 잔에 담아 과자와 함께 주었다. 여기서도 커피와 쿠키를 같이 주었는데 상문은 내일 서마리를 만나러 갈 때 과자 같은 것을 사가야 할까 생각했다. 해는 서서히 지고 물기가 없는 바람이 불고 있었다. 카페에서 나와 근처 대학으로 향했다.

정문에서 한참을 걸어야 조기택의 동상이 있는 도서관이 나왔다. 방학이 시작된 대학 근처에는 사람들이 드물었고 저녁 시간이라서인지 주변을 오가는 사람들도 산책하는 동네 사람으로 보였다. 도서관은 아직 열려 있었고 건물 안에서 이야기하고 책을 읽는 학생들의 모습이 보였다. 도서관에서 본 자료와는 달리 조기택의 동상은 철거되어 있었고 그보다 작고 낮은 흉상이 있었다. 그는 지방 유지의 아들로 태어났다. 조구택은 그보다 십오 년 뒤 태어났고 장사로 돈을 벌었다. 도서관 옆 본관 건물로 들어가자 긴 복도가 보였다. 상문은 광주에서 인터뷰를 마치면 순천으로 가서 며칠 쉬다 올 것이라고 했다.

"여기서 갇히면 어떡하지?"
"소리를 쳐야지."
"나는 여기가 추리소설에 어울리는 것 같은데. 사람들이 각자의 이유로 들어오기 시작하는 그런 거."
"네가 사라지면 여기에서 시작해야겠네. 나는 인제 너를 한참 찾다가 결국 여기에 도착한 착한 친구 역할이겠네."

근처에 문을 연 식당이 없어서 숙소 근처에서 국밥을 먹었다. 서마리가 가진 또 다른 건물 일층에서 만나기로 하였는데 생각해보니 그곳은 카페이니 뭘 안 사가도 되는 것 같기도 하고 아니면 그것과 상관없이 뭘 사가는 것이 맞는가 생각했다.

좁은 화장실에서 간단히 씻은 둘은 서마리에게 물을 것들을 체크하고 각각 소파와 간이침대에서 잤다.

다음 날 영우는 일찍 일어나 근처를 걸었다. 광주천을 가로질러 선교사 사택까지 걸었다. 새벽이었지만 광주천 아래 뛰는 사람들이 몇 있었다. 후쿠오카공항에서 광주공항까지 직항이 있나 생각하다가 이 사람은 이미 서울을 가보았다고 느낄 수도 있다고 생각했다. 뭔가를 보거나 읽고. 이만희의 영화라든가 88서울올림픽 다큐멘터리라든가. 내가 본 것이 지금 보는 것과 아주 다른 것일까. 어떤 상이 조정되고 맞춰져 하나의 모습이 될 일은 아니다. 서울은 보는 것이 좋은가 서울에 있는 것이 좋은가. 광주에 대해서는 그런 생각이 들지 않았는데, 사람들은 여기서 뭔가를 맞닥뜨리게 될 것이라고 생각하기 때문이다. 80년 5월의 기억을 길을 걷는 중간에 맞닥뜨리게 될 것이라고 생각하는 것이다. 영우는 흔적이라는 말과 증거, 자취라는 말을 생각해보았지만 모두 적절하지 않다고 생각했다. 그러고 보면 후쿠오카가 배경인 영화는 본 적이 없는 것 같다는 생각이 들었다. 영우는 재작년에 간 도쿄에서 묵은 호텔 근처를 생각했다. 근처에는 출판사 건물이 몇 개 있었는데 그런 건물에서 나오는 아키비스트를 생각하다가 아니지 그는 미술관에서 일하므로 오래된 벽돌 건물이나 아니면 반대로 나선형으로 설계된 회색 건물을 떠올렸다. 아키비스트는 아카이브 사례 연구를 발표하러 온다고 하였다.

그가 근무하는 곳에는 서명운과 이두현의 작품은 없다. 조구택이 실제로 크게 도움을 준 감독 중 한 명은 이만희 감독의 「휴일」에 조연으로 등장하기도 했던 김성순 감독이라고 한다. 그는 십대였던 60년대 후반부터 영화 관련 일을 하지만 80년대 중반에야 연출을 맡게 된다. 김성순과 이두현의 개인적 친분은 알 수 없지만 김성순은 이두현처럼 지금 무엇을 하는지 알 수 없다는 점이 같았다. 90년대 들어 사업이 기운 뒤로 조구택은 크게 줄어든 재산을 유지하는 수준으로 지냈기 때문인지 이후 영화계와의 연은 서서히 사라진다. 김성순의 작품은 실험적이고 난해하다고 하는데 몇몇 해외 영화제에 초청된 적이 있다고 한다. 아키비스트가 일하는 미술관에는 김성순의 필름이 소장되어 있다. 김성순이 사채를 쓰고 도망 다니다 미국으로 가 조카가 하는 일을 돕는다는 소문을 알려준 것도 아키비스트였다. 혼자 국밥을 먹어도 될까? 선교사 사택 앞 벤치에 앉아 지나가다 본 식당에서 아침을 먹어도 될까 잠시 생각했다. 영우는 국밥을 어제저녁에 이어 또 먹고 천천히 걸어서 숙소로 되돌아갔다.

아무도 서명운의 특집 기사를 쓰라고 한 사람은 없었는데 상문은 길고 긴 글을 썼다. 기사는 아니고 리뷰도 아니고 아무튼 길고 긴 글이었다. 서명운 감독의 본명은 서명훈으로 베트남전쟁에서 돌아온 군인을 주인공으로 한 영화로 데뷔하였다. 군인과 국가를 칭송하기도 그렇다고 마음대로 만들 수도 없어서였는지 군인의 여동생과 부인이 힘을 합하여 방앗간을 운영하는 이야기가 되어버렸는데 마지막에 군인은 두 여자를 도와 열심히 일을 한다. 여러모로 애매하다는 평이 많았으나 상문은 이 영화를 연구하는 사람이 늘어날 것 같다고 줄곧 생각했다. 서명운 감독은 이두현 감독처럼 작품이 높게 평가받는 쪽도 아니었고 한두 편 흥행 성공작은 있으나 사람들이 기억할 만큼 유명한 사람도 아니었다. 관련 자료를 찾아보면 인품이 뛰어나다는 언급이 많았다. 또한 권위의식이 적었던 것 같은데 그보다 열 살 이상 어렸던 이두현 감독과 친구처럼 지냈다고 한다. 그러고 보면 상문이 그에게 관심을 갖게 된 것도 그의 성격이 좋았다는 이야기에서 시작된 것일지도 모른다. 상문은 서명운의 장례식장에서 밥을 먹으며 나이 든 영화인들이 그가 참 신사였다는 말을 하는 것을 듣다가 왠지 그에 관한 글을 써야겠다고 생각했다. 그는 정말로 신사였는가. 그는 친절하고 다정하였는가. 서명운과 관련된 기사는 의외로 많았는데 그가 몇몇 단체에서 협회장을 맡아서 그럴지도 모른다. 서명운의 장례를 돕는 이들은 가족들 같아 보였고 그 역시 상문은 좋게 보였다. 무언가를 오래 한 사람들의 장례에는 그가 속한 어딘가의 직원들이 일을 하는 경우가 많았다. 상문이 대학원을 다닐 때 명예교수의 죽음이 예고된 후 장례와 기념 문집을 준비해야 했는데 평소에 별다른 감정이 없던 교수가 제발 오래 사시면 좋겠다 매일매일 학교 운동장을 걸으며 선생님이 오래 사시면 좋겠다 선생님이 오래 사시면 좋

겠다 선생님이 오래 사시면 좋겠다 생각했다. 그러다 일 년 후 그를 기리는 행사를 준비해야 했을 때는 아 선생님이 돌아가시지 않았다면 선생님이 살아 계셨다면 얼마나 좋을까 선생님이 살아 계시면 좋겠다 선생님이 살아 계시면 좋겠다 선생님이 돌아가시지 않았다면 운동장을 돌고 또 돌며 생각했다. 하지만 모두가 가족이 있는 것은 아니다. 사람들의 죽음이 어떤 식으로 정리되는 것이 맞는지 모르겠다고 생각했다. 그것이 정리가 아닐지도 모른다는 생각도 했다.

눈을 떴을 때 영우가 없어서 상문은 모자를 눌러쓰고 나가 근처 카페로 갔다. 핫케이크를 세 장 먹고 커피를 마셔도 잠이 깨지 않았다. 서마리와 만나기로 한 시간은 오후였고 광주에 온 것이 일주일은 된 일처럼 느껴졌다.

아키비스트는 극장에 미리 양해를 구해 비행기 티켓을 행사 사흘 전으로 끊었다. 서울에서 하루 묵으며 현대미술관에서 진행 중인 전시를 보았다. 동대문 토요코인에서 묵으며 충무로까지 걸어 다녔다. 저녁에 백숙을 먹고 다음 날 점심에는 함흥냉면을 먹었다. 함흥냉면을 먹고 나와 맞은편 건어물 시장에서 찹쌀도넛을 사 먹었다. 방에 돌아와 침대에 누워 눈을 감았을 때 땀 냄새가 났다. 다음 날 기차를 타고 광주에 갔다. 서울에 가보고 광주에 가보고 습하지 않은 초여름의 날씨였다. 그는 극장에 부탁해 미리 예약해둔 호텔로 가 짐을 맡기고 가톨릭센터 자리에 생긴 5·18자료관에 갔다. 내일모레 행사에서 이곳에 들른 이야기를 하며 발표를 시작할 수 있을 것이다. 자료관 안에 유난히 작은 창이 있어 설명을 보니 80년 당시 그때는 가톨릭센터인 이곳에서 주교가 당시의 상황을 보았다고 적혀 있었다. 상황인지 참상인지 엄청난 분노와 압박감과 슬픔이며 무어라 말할 수 없는 것이면서 본 것인지 관찰인지 살핀 것인지 숨을 죽이며 혹은 떨리는 가슴으로 공포에 질려서인가. 그는 설명을 본 순간 그 상황을 아주 잘 아는 것처럼 느꼈다. 그러다 완전히 착각이라는 생각도 들었다. 본인이 무언가를 착각하면서 그 착각 속에 한동안 있다는 것을 느끼며 그는 작은 창 아래로 광주 시내를 내려다보았다. 아키비스트는 아카이브된 자료를 앉아서 천천히 보고 한국어를 몰라서 모르는 자료들을 살피며 그런데 이 자료들을 이전에 어딘가에서 본 것 같다고 생각하면서 모르지만 이해할 수 있을 것 같은 사진과 글씨들을 보았다. 이것은 무슨 이야기인지 알고 있다. 기억에 없지만 기억에 있을 것 같은 자료를 앉아서 보았다. 자료관에서 나와 오후에는 간단히 빵과 커피를 먹었다. 저녁에는 떡갈비를 먹었다.

서마리는 아버지 관련 자료는 서울에 많이 있고 지금 집에는 가지고 있는 것이 별로 없다고 말했다. 넓은 카페 안에는 애매한 시간이어서인지 사람들이 몇 없었다.

"저는 아버지가 화내는 것을 본 적이 없어요."

"다른 분들도 그런 이야기를 많이 하시더라고요."

"아버지는 어머니와도 사이가 좋고 이웃들에게도 친절하셨어요. 아이들을 좋아하고 개 고양이도 정말 좋아하셨어요. 정말 신사셨어요."

"서명운 감독님 영화 중에 특별히 좋아하는 것이 있으신가요?"

"아버지는 집에서 영화 이야기를 안 하셨어요. 저에게 보라는 말도 안 하셨고 저는 그래서 나이 들어서까지 감독이 그렇게 어려운 일인 줄 몰랐어요. 몇 시간 일하고 오면 되는 것 아닌가 생각했어요. 다른 아버지들 출장 가는 것처럼 출장 비슷한 것을 갔다 오시나 보다 생각했을 정도니까요."

상문은 점점 서명운 감독의 성격에 관해 개인적 일화에 관해 묻게 되었다. 감독과 같이 일한 사람을 인터뷰하는 것도 아니었으니 영화에 관해 물어본다고 해도 알기 힘들었고 점점 찾아볼수록 서명운 감독의 뛰어난 점은 그의 품성 인품 성격인 것 같다고 생각했다. 서마리는 조구택 아저씨가 어릴 때 전가복을 자주 사주셨다는 이야기를 하면서 만나러 갈 때 함께 가겠다는 이야기를 하였다.

"그런데 저는 사실 영화를 잘 모르고 영화도 안 보거든요. 마음에 걸리고 불편한 것을 싫어해서요. 집에서도 뭘 잘 안 틀어봐요. 음악도 잘 안 듣고 가끔 내셔널지오그래픽 같은 걸 보기는 하는데 아버지 자료도 협회에 다 맡기고 만년필이랑 모자 정도만 놔뒀어요."

서마리는 서명운이 연출을 그만둔 후로는 극장에도 잘 가지 않았다고 말했다. 아무렴 인품이 좋은 옛날 어른은 정말 드물지. 영화를 보거나 안 보거나 무슨 상관인가 영우도 이야기를 듣다보니 점점 그런 생각이 들었다. 영우는 일본에서 필름 아키비스트인 분이 함께 가도 되느냐고 다시 여쭤보고 서마리는 상관없다고 하였다. 아버지가 죽기 전에 몰두하셨던 일은…… 재산 관리랑 어머니랑 운동 다니는 거였는데 아무튼 영화를 그래도 오래 만드시긴 했는데 모르겠네요. 영우와 상문은 거듭 감사를 표하고 녹음기와 카메라를 챙겨 숙소로 돌아왔다. 한 시간만 잠을 자고 일어나 지나가다 본 오래된 중국집에서 짜장면과 탕수육을 사 먹었다. 탕수육을 먹으며 그래도 서명운의 영화에는 중요한 지점이 있다고 생각했던 것 같은데 그것으로 수료 상태인 대학원으로 돌아가 논문을 마치고자 하였는데. 한복집 주인도 서마리도 모두 갑자기 찾아온 둘의 사정을 배려해주고 친절한 사람들이었는데 이곳의 누구도 서명운 감독의 영화에는 전혀 관심이 없어 보였다. 한복집 주인은 당연하지만 딸인데 아버지의 영화에 관심이 없을 수가 있나 생각하다가 그런데 아버지가 하는 일에 꼭 관심이 있어야 하나 사이가 좋아도 하는 일에는 관심이 없을 수 있지 하는 생각이 들기도 했다. 아니면 말하지 않는 것일 수도 있고 자주 자신을 찾아오는 과거의 장면들을 굳이 중요한 일인 것처럼 설명할 필요를 못 느끼는 것일 수도 있다.

탕수육 정말 맛있네. 진짜 맛있다. 둘은 커피를 사서 숙소로 돌아왔다.

아키비스트는 둘의 숙소로 와 인사를 하였다. 셋은 근처 식당에서 제육볶음과 전을 포장해 와서 막걸리를 마셨다. 셋은 영어와 일본어를 섞어서 말했다. 조구택 선생과의 미팅에는 극장에서 섭외해준 통역사와 함께 간다고 하였다.

영우는 여섯시에 눈을 떠 광주천을 따라 걷다가 어제 들른 선교사 사택을 향해 걸었다. 부자들이 어떻게 부자로 남는가 잠깐 생각했다. 그래도 조구택은 여전히 부자이기는 했다. 어마어마하지는 않지만 건물을 몇 채 가지고 있으면 부자임이 틀림없다고 생각했다. 이른 아침 골목에 사람들은 몇 없고 집 앞에 나와 있는 할머니가 학생은 뭐를 찾소 물었다. 뭐를 찾는데? 시끄러워 사람들이 왔다 갔다 해. 영우는 고개를 숙이고 산책을 한다고 말했다. 나중에 아키비스트가 일하는 미술관에 가서 만나면 어떨까. 아무래도 일하는 곳으로 가는 것은 조금 불편한 일일까. 의외로 막상 만나면 별로 할 말이 없을지도 모른다고 생각했다. 무슨 필름을 아카이브하는 것일까 그 미술관은 돈이 그래도 있는 곳일까. 또 국밥을 먹으면서 조구택이 무서운 어른일 것 같다는 생각이 들었다. 까다로운 사람일 것 같다. 하지만 영화에 돈을 많이 쓴 사람이다. 한때는 극장을 가지고 있었다고 하니 지금은 주차장이 되었지만 그 사람의 공로를 잊어서는 안 될 것이라는 생각을 했다. 서마리에게는 어릴 때 전가복을 자주 사주었다고 하니 너그러운 사람일 수도 있다. 너그러운 사람이라고 해도 그 정도로 나이 든 어른을 대하는 것은 긴장이 되었다. 영우는 아직 자고 있는 상문을 깨우고 둘은 간단히 씻고 나와 근처 카페에서 커피를 마셨다. 날씨는 비가 올 듯 구름이 무거워 보였고 그런데 비는 오지 않았다. 영우는 이전에 극장이었던 주차장을 보았다. 그렇다면 이 주차장이 조구택의 것인가? 아닌가? 상문은 들어가서 쉬다가 다시 나오겠다고 하였고 영우는 무거운 구름 아래를 걸었다. 오르막길을 따라 사직도서관을 향해 걸었다. 벽돌 건물로 된 도서관에는 조용히 공부하는 사람들이 있었고 지하로 내려가니 보관실이 있었다. 여기에서 오래된 책을 꺼내서 주는 것일까 영우는 어제 대학 도서관 복도에서 여기에 갇히는 사람이 생기면? 그렇다면? 도서관 보관실에 갇히는 사람들은 오래된 종이 냄새에 숨쉬기 힘들 것이다. 머리 위에는 창이 있고 무거운 구름과 흐린 하늘이 보였다. 책보다 오래된 사람 책보다 나이 든 사람 조기택은 죽었고 조구택은 곧 만나고 이대로 다른 사람이 될 수 있지 여기서 갇혀버리면 다른 사람이 될 수 있지 그대로 나가버리면 다른 사람이 될 수 있지. 영우는 자판기 커피를 마시며 쉬다가 도서관을 나왔다. 도서관 옆에는 테니스코트가 보였고 짝이 없는 짧은 머리 여자가 선생님과 파트너가 되어 연습을 하고 있었다. 그사이 비가 잠깐 떨어지다 말았고 사람들은 비네 손으로 머리를 가리거나 걸음을 빨리했지만 테니스를 치는 사람들은 조금도 망설이지 않았다. 계속 테니스를 쳤다.

조구택은 이제 요양원에 들어갈 계획이라 곧 큰 집을 팔 것이라고 했다. 지금 지내는 곳은 첫날 들른 도서관 근처 주택이었다. 상문과 영우는 롤케이크와 요구르트를 사갔다. 서마리는 가끔 조구택과 연락을 하는지 둘은 편하게 인사를 하였다. 아키비스트와 통역사는 상문과 영우보다 능숙하게 조구택과 서마리에게 인사를 하고 일본에서 가져온 술을 선물하였다. 서마리는 어제 집으로 돌아가 생각해보니 문득 서명운이 죽기 전 녹음기에 대고 그날그날 생각나는 것들을 남겼던 것이 기억나서 하나 가지고 왔다고 하였다. 서명운의 자서전이라고 해야 할지 인생사를 담은 책은 작업 중이라며 정리하는 데 시간이 걸린다고 한다. 서마리가 가져온 테이프재생기는 서명운 감독이 쓰던 것을 그대로 들고 온 것 같았다. 아키비스트는 그것이 소니에서 만든 80년대 제품인데 무척 좋은 것이라고 하였다.

"나는 개가 좋고 이제 와서 생각하니 영화 같은 것은 잊었습니다. 왜 영화 같은 허무한 일에 매달렸는가 가끔 그런 생각을 합니다. 그러지 않았다면 가족들과 시간을 더 보냈을 것이고 그 돈으로 사업을 하고 집을 사고 어려운 사람을 도왔을 것입니다. 나의 인생은 굽이굽이 한국의 역사와 함께하였고 그것을 참 말로 다 못합니다."

개가 좋다고 할 때 개가 옆에 있는 소리가 났다. 서마리는 서명운은 늘 개를 키웠고 고양이 밥을 주었는데 죽기 전에 옆에 있던 개는 잠보라는 시추라고 했다. 처음 조구택과 서마리에게 연락한 상문과 영우는 점점 테이블에서 밀려나 조용히 조구택의 조카며느리인지 손자며느리인지가 가져온 보리차만 마시고 있었다. 영우는 이두현 감독에 관해 논문을 쓸 예정이라고 자신을 다시 소개하며 이전까지 이 이야기를 입 밖에 내본 적이 없었는데 고작 논문을 쓰려는 의지 가지고 여기서 발언권을 얻고자 하는가 생각하다가 아니 그런데 내가 정말 논문을 쓰려고 하기는 하는 것인가.

"이두현이의 영화는 우스갯소리야. 나는 서명운이를 인정하고. 사람으로 인정하고. 왜 나도 그렇게 돈을 참 영화에 많이 썼어."

조구택 선생은 요구르트를 흘리며 간신히 이야기를 이어나갔다. 그러고는 기침을 하다 다시 쉬었다. 우스갯소리 우스갯소리? 통역사는 우스갯소리를 일본어로 자세히 설명하려 애썼다. 아키비스트는 사전에서 검색해달라고 하여 우스갯소리에 관한 설명을 들으며 검색 결과를 집중하여 읽었다. 영우는 듣는 사람은 아무도 없는데 이두현 감독의 「강의 사람들」의 중요한 점에 대해서 웃으며 이야기를 했고 서마리 씨는 가끔 웃으며 아 그래요? 말했다. 상문은 점점 서명운과 조구택이 실은 대단하다는 생각을 하게 되었는데 이 사람들은 자기가 한 일을 일단 후회를 하잖아? 이 정도로 뭔가를 했는데 자기가 한 일이 후회스럽다고 말한 어른은 처음 본다. 조구택 선생은 임권택 감독 이야기를 잠깐 하다가 그때 자기가 한 것은 뭘 몰라서 한 일이었고 재밌어서 했을 뿐이라고 했다. 바보 같은 짓이었지. 아키비스트와 통역자는 서마리 씨에게 양해를 구하고 조용한 곳으로 가 테이프를 다시 듣고 영우는 어른들을 뭔가를 했던 사람들을 이제 더 만나기 싫다고 생각하다가 조구택의 얼굴을 바라보았다. 조구택은 흘리며 닦으며 어렵게 요구르트 한 병을 다 먹었다. 그래도 상문은 서명운이 더 좋아졌다. 조구택은 무심한 표정으로 사람들을 보다가 아무 이야기나 조금씩 하다가 피곤하니 나가보라고 하였다. 아키비스트는 서마리에게 여러 부탁을 하고 꼭 다시 오겠다고 말하며 연락처를 받았다. 서마리는 조구택에게 각별한 얼굴로 인사를 하고 나와 모두에게 식사를 대접하였다. 미리 예약을 해두었다고 하였다. 우리는 서마리가 사준 전가복과 누룽지탕과 깐풍기를 먹었다. 그리고 크리스 마커의 영화 「La

Jetée」에서 이름을 딴 건지 같은 이름의 바로 가 위스키를 마셨다. 간판에는 고양이가 그려져 있었다. 아키비스트는 극장에서 돈을 많이 받았다며 술을 샀다. 그 사람은 뿌듯해 보였다. 영우와 상문은 중요한 사람들에게 밀려난 기분이 들었고 즐겁게 이야기를 나눴지만 역시나 집에 가고 싶어졌다. 서명운이 영화를 중요하게 생각하지 않았다는 것은 거짓말일 것이라는 생각이 들었다. 그렇게 믿고 싶은 것이 아니라 나이 든 사람들의 말을 곧이곧대로 믿을 수 없다는 생각이 들었다. 그것이 사실이라도 크게 충격적인 것은 아니었으나 조구택이 이두현의 영화를 여러 번이나 무시한 것은 뭐라고 해야 할까. 영우는 그것을 확실히 아니라고 말하지 못한 것이 내내 괴로웠다. 조구택의 말은 입안에서 우물거리고 있어 제대로 알아듣기 힘들었고 그의 눈은 또렷했지만 힘이 없고 야윈 사람이었다. 어쩌면 조구택의 말들은 애정의 다른 표현일지도 몰라. 그래도 영우는 이두현이 그의 어깨 위에 앉아 있는 것 같았다. 길가의 술 마시며 지나가는 사람들 그림자처럼 어둠 속에 이두현이 걷고 또 걷고 돌아와 그들을 스쳐가고 술집 안 어두운 테이블에 이두현은 앉아 있고 나의 영화는 우스갯소리 우스갯소리 슬프게 주정을 하는 이두현.

조구택은 영우가 인터뷰를 한 이후 요양원으로 거처를 옮겼고 이 년 뒤 죽었다. 영우는 '영화 투자자 조구택의 역할과 영향'이라는 주제로 논문을 썼고 우수논문상도 받았다. 내내 왜 그 자리에서 이두현의 영화를 변호하지 못하였는가 그것이 그에게 너무나 중요한 문제처럼 생각되었다. 그래서인지 영우는 이두현의 영화를 주제로 논문을 쓰지 못한 것이 아닐까 그런 생각이 들었다. 아키비스트는 이듬해 열린 부산국제영화제 포럼에서 서명운 감독의 녹음테이프와 관련된 발표를 하였다. 그가 가보지 못한 곳은 파리와 런던 로테르담 토론토 등이 있으나 서울과 부산 광주를 여러 번 가보았다. 가보지 못한 곳을 간 곳처럼 너무나 깊이 이해하는 경우, 어떤 면에서 파리에 사는 사람들보다 아키비스트는 파리를 깊이 이해하고 있을 것이다. 하지만 아키비스트는 그곳들에 별로 가고 싶다는 생각이 들지는 않았다. 영화로 보는 것만을 이해하고 싶은 것인가 그렇기도 아니기도 했다. 근무한 지 십 년이 되어 긴 휴가를 받았을 때 그는 리스본에 가서 그곳의 시네마테크에서 이 주간 영화를 보다가 포르투로 가 열흘 동안 와인만 마시다가 왔다. 영우는 논문을 마친 뒤 후쿠오카로 여행을 가 미술관에서 아키비스트를 만나고 그가 꽤 높은 직책에 있는 사람임을 알고 놀라지만 모두 일을 하는 사람 당신은 일을 오래 한 사람 그런 생각을 하다가 두 사람은 테이블에 나란히 앉고 어느새 일본어를 배운 혹은 통역을 대동한 영우가 아키비스트에게 준비한 질문을 던지는 모습. 나는 한동안 이두현의 영화들을 보았다고 생각하였으나 단지 나는 당신의 글을 읽었을 뿐이더군요.

보관실에 갇힌 사람은 죽지 않고 잘살아가고 짝이 없는 사람은 벽에 대고 테니스를 치다 어느새 테니스장에서 가장 잘 치는 사람이 됩니다. 이 모든 것은 쉬지 않습니다. 한복집에서 커피를 마시던 주인은 맞아 그래라고 생각하였다. 내가 이곳에 있는 것은 영원하지 않지만 때때로 놀랄 정도로 반복되는 일이야. 그리고 그 사람은 여전히 한복을 입고 있지 않고 걸려오는 전화를 받았다.

수상 후보작

임솔아

그만두는 사람들

임
솔
아

소설집 『눈과 사람과 눈사람』, 장편소설 『최선의 삶』이 있다.

고양이들이 유리문에 엉덩이를 기대고 있었다. 남쪽으로 나 있는 유리문은 이 시간이면 햇볕을 받고 따뜻해졌다. 이 동네 고양이들은 이 시간이면 햇볕 외에는 더 이상 아무것도 필요하지 않다는 표정으로 이곳에 모여 있었다. 나는 유리문에 노크를 했다. 고양이들은 이제 놀라지 않았다. 심드렁하게 나를 쳐다보다가 다시 고개를 돌렸다. 나는 유리문과 함께 고양이들의 엉덩이를 천천히 밀며 바깥으로 나왔다.

바닷바람 특유의 짠내가 얼굴을 뒤덮었다. 나는 점퍼 지퍼를 목까지 끌어올렸다. 해변에는 물이 빠져 수평선까지 뻘이 이어졌다. 장화를 신은 누군가가 뻘 한복판을 걷고 있었다. 노루섬으로 들어가는 중일 것이다. 하루에 두 번, 바닷물이 빠지는 시간에만 길이 열려 섬으로 걸어갈 수 있었다. 주민들은 섬에 들어가 굴이나 파래, 다시마 같은 것을 채취하곤 했다. 이곳에는 그런 섬이 많았다. 그곳들은 모두 '노루섬'이라 불렸다. 어째서 모두 노루섬이냐고, 나는 주인 할머니께 물어본 적이 있었다.

"노루가 살아."

재활용 쓰레기를 정리하며 할머니는 답했다. 무리로부터 이탈한 노루일 것이라 했다. 적을 피해 육지를 돌고 돌다 바다를 건너 무인도에 정착을 하는 것이라 했다.

"밤에 가끔 볼 수 있어."

"뭐를요?"

"노루. 저쪽 숲에서 나타나서는 밤바다를 막 헤엄쳐서 섬으로 건너가."

"낮이면 길이 열리는데 왜 밤에 헤엄을 쳐서 가요?"

"이 사람아, 낮엔 보이잖아."

답답하다는 듯 할머니는 말했다.

"그것도 위험하긴 마찬가지일 텐데."

"위험하지. 날 나쁘면 죽지."

밤이면 나는 불을 끄고 창 앞에 서 있었다. 창밖에 펼쳐진 바다를 내려다보았다. 초승달이나 그믐달이 떠 있을 때의 바다는 오직 캄캄했다. 달이 점점 차올라 상현달을 지나면서부터는 파도의 물거품이나 바다에 떠다니는 빛 조각들을 볼 수 있었다. 마침내 보름달이 뜨면 노루섬까지 보였다. 노루섬의 울창한 나무들이 파도 소리에 맞춰 흔들렸다. 그날은 하현달에 가까워지고 있었고, 바람과 함께 나무와 파도도 멎어 있었다. 자전축을 따라 별이 느릿느릿 움직였다. 나는 숲에 서 있는 검은 그림자를 단번에 알아보았다. 노루는 한참을 가만히 서 있었다. 그리고 천천히 바닷물에 몸을 담갔다. 매끈했던 바닷물에 파문이 퍼졌다. 목을 끄덕거리며 노루는 앞으로 나아갔다. 물의 표면과 닿아 있는 노루의 목에서 파문이 겹겹이 생겨났다. 멀리멀리 퍼져갔다. 나는 숨을 죽였다. 노루는 꾸준한 속도로 이동했다. 그리고 섬에 앞발을 디뎠다. 몹시 지쳤는지 발목을 접질리며 미끄러졌다. 목을 낮추고 점프를 해서 섬으로 뛰어올랐다. 순식간에 사라졌다. 나는 참고 있던 숨을 내쉬었다. 밤마다 노루를 기다렸지만 정말로 보게 될 줄은 몰랐다. 높은 파도 한 번 만나지 않고 노루는 섬에 도착했지만, 노루에게는 가장 불안한 시간이었을 것이다. 내가 이렇게 쉽게 볼 수 있었으니까. 누구나 쉽게 노루를 볼 수 있었을 테니까. 노루가 목숨을 건 잠깐의 시간을 지켜보며 나는 어째서 경이로움을 느꼈을까.

그날 이후로도 나는 노루를 기다렸다. 쉽게 목격했으니까 한두 번은 더 그 모습을 볼 수 있을 거라 여겼다. 노루는 나타나지 않았다.

곡선으로 휘어진 해변을 따라 곡선으로 휘어진 도로를 걸었다. 횟집과 잔치국숫집, 해물짬뽕 전문점을 차례차례 지나갔다. 불이 모두 꺼져 있었다. 거리에는 사람이 없었다. 토요일 점심부터 일요일 점심까지만 식당들은 문을 열고 손님을 받았다. 주말에는 캠핑족이 해변에 텐트를 치기도 했고, 내가 머무는 은돌콘도에 다른 숙박객이 찾아오기도 했다.

은돌해변을 지나면 차도가 나타났다. 이 차도를 따라가면 숲이 이어졌다. 숲에서 비포장도로로 빠져 한참을 올라가면 숲 한복판에 사비나가든이 있었다.

나는 무인 매표소 기계에 지폐 한 장을 집어넣고 가든 안으로 들어갔다. 고운 흙이 깔려 있는 오솔길 양옆으로 곰솔나무가 늘어서 있었다. 곰솔나무길을 따라가면 스무 평 남짓한 크기의 작은 연못이 나타났다. 연못의 표면에서 물안개가 피어올랐다. 연못 한가운데에 서 있는 낙우송을 올려다보았다.

사비나가 이 작은 연못을 사들인 것은 1952년이었다. 한국전쟁에 간호장교로 투입된 사비나는, 은돌고개 전투에서 동료를 잃었다고 한다. 그 동료에 대한 이야기를 사비나는 여러 사람에게 보낸 서신에 남겼다. 동료는 적군에 의해 사살된 것이 아니라 탈영을 하려던 아군을 저지하다가 다툼 끝에 살해되었다고 한다. 그러나 전쟁 트라우마와 향수병으로 스스로 목숨을 끊은 것으로 사건은 종결되었다. 사비나는 오랜 시간 동료의 죽음에 대한 진실을 알리기 위해 애를 썼다. 본국으로 귀환해도 좋다는 승인을 받았지만 사비나는 이 은돌마을에 남았다. 한국으로 귀화했다. 사비나는 외부와의 접촉을 차단한 채 작은 연못가에서 육십 년을 혼자 살았다. 그리고 91세의 나이로 사망했다. 작은 연못 뒤쪽에 지어놓은 자신의 목공실에서 사비나는 혼자 숨을 거뒀다. 사비나의 유언에 따라, 사비나가든은 일반인에게 개방되었다. 사비나는 작은 연못에서 시작되는 3만평 부지의 땅을 오랜 세월에 걸쳐 매입했고, 그곳에다 2만 7천여 종의 식물들을 키워놓았다. 한국에 군락지가 없다고 알려져 있던 희귀식물과 절멸 위기종이 대거 발견되었다.

작은 연못에서 두 갈래의 길이 나왔다. 왼쪽 길은 해안 절벽이고, 오른쪽 길은 동백나무 군락지였다. 오늘은 오른쪽 길을 선택했다. 동백나무 군락지를 지나 뿔남천과 풍년화 군락지를 지나 호랑가시나무 군락지에 도착했다. 겨울에 꽃이나 열매를 맺는 식물이 많았다. 샹소네트와 코튼캔디와 아사히주루 같은 동백나무들. 팔리다와 헬레나 같은 풍년화들. 로툰다, 디오르, 루브리카울리스 아우레아 같은 호랑가시나무들. 나는 흔들의자에 앉았다. 좀 앉고 싶다는 느낌이 들 무렵이면 의자가 놓여 있었다. 어떤 의자는 등받이 없이 통나무 조각만으로 되어 있었다. 어떤 의자는 줄을 매달아 그네처럼 설치되어 있었고, 어떤 의자는 비치체어처럼 다리를 쭉 뻗고 반쯤 눕게 만들어졌다. 비치체어를 닮은 의자에 앉으면 시선이 저절로 하늘을 향했다. 바로 그 자리에서 드넓게 펼쳐지는 낙조를 볼 수 있었다. 해안과 가까워 바닷바람이 부는 지역에는 힘이 좋은 소나무들이 바람막이 역할을 했고, 잎이 여린 식물들은 언덕 아래 바람이 불지 않는 곳에 심어져 있었다. 조약돌 길이 끊어져 발소리가 잦아드는 자리에는 새들이나 오리들의 보금자리가 있었다. 오래도록 매만져 반질반질해져버린 나무 협탁처럼 모든 것이 완벽하게 햇볕과 바다와 어우러져 있었다. 그러나 겨울에 특화된 이 식물원을 찾는 관광객은 많지 않았다. 사비나가든은 매년 적자를 면치 못했다. 절멸 위기종을 제외한 나머지 식물들은 서서히 죽어가고 있었다. 곳곳에 포토존이 설치되었고 기념품 판매점과 매점이 들어섰다. 그곳들은 카페로 바뀌었다가, 게스트하우스로 바뀌었다가, 결국 문을 닫았다고 했다.

말라 죽은 나무 아래에는 낙엽들이 무성히 쌓여 있었다. 나는 그곳에 쪼그려 앉아 낙엽 하나를 골라내기 시작했다. 잎맥이 선명한 한 개를 주워 일어섰다. 오늘은 혜리에게 이 낙엽에 대해 이야기할 것이다.

혜리에게 처음 메일이 온 것은 칠 년 전 겨울이었다. 나를 기억할지 모르겠지만, 으로 시작된 메일이었다. 나는 혜리가 기억나지 않았다. 메일함에서 혜리의 메일주소를 검색해보았다. 단 한 번 나는 그에게 메일을 보낸 적이 있었다. '영화와 미술'이라는 교양수업 기말 과제 때문이었다. 그 수업에서 혜리와 나는 함께 조별 과제를 수행했다. 조별 과제라지만 협업은 없었다. 네 명의 조원이 각자의 작업을 이메일로 전송했고, 혜리는 그것을 하나의 파일로 합치는 역할을 맡았다. 그의 전공이 무엇이었는지, 나보다 언니였는지 동생이었는지, 나는 아무것도 아는 바가 없었다. 혜리에 대한 유일한 기억은 그의 노트였다. 강의실에서 대각선 앞자리에 앉아 있던 혜리의 팔꿈치 아래로 노트가 보였다. 같은 단어가 빼곡하게 적혀 있었다. 내가 읽어낼 수 없는 언어였다. 나는 혜리에게 노트 이야기를 꺼내며, 잘 기억한다는 답장을 보냈다. 그가 나에게 연락을 한 이유를 알고 싶었다. 혜리는 노트 이야기를 반가워했다. 노트에 적은 언어는 스웨덴어였으며, 자신은 지금 스웨덴에서 유학 중이라고 했다. 혜리는 일요일이면 내게 메일을 보냈다. 다섯번째 메일이 도착했을 즈음, 나는 혜리가 아무 이유도 없이 내게 메일을 보낸다는 것을 알아챘다. 안부를 전하는 것. 그것이 유일한 이유라면 이유였다. 나는 답장을 하지 않았다.

여러 사람에게서 비슷한 메일을 받은 적이 있었다. 한 학기 정도 친하게 지냈던 중학교 동창과 온라인으로 삼 개월 동안 입시과외를 했던 수강생과 오래전에 연락이 끊어진 단짝친구에게서. 이들에게는 공통점이 있었다. 한국을 떠났다는 점이었다. 나는 그들의 메일을 입대한 지인에게서 오던 편지 정도로 여겼다. 이십대 초반에 입대한 지인들은 친하든 친하지 않든, 기억이 나는 모든 사람에게 편지를 보내곤 했다. 다른 사람들이 그런 것처럼 나도 한때 그런 편지를 받았다. 우정으로 정성스레 답장을 해봤자 제대를 하고 나면 연락이 끊어진다는 것도 자연스레 알게 되었다. 비슷한 메일이 도착할 때마다 나는 적당히 다정한 답장을 보냈다. 수신자가 불쾌하지 않을 만큼, 그러나 메일이 이어지지는 않을 만큼 짧은 안부만 전달했다. 그들은 내가 무엇을 바라는지 빠르게 알아차렸고, 더 이상 메일은 오지 않았다. 그리고 이 년 전 겨울, 나는 혜리에게 답장이 아닌 메일을 처음으로 보냈다.

오늘은 비가 오다 그쳤고 그래서 오늘도 우산을 잃어버렸어. 시력이 떨어져서 안경알을 바꾸러 안경점에 다녀왔어. 오늘은 스케일링을 하러 치과에 갔는데 사랑니 네 개를 모두 뽑자고 해서 그냥 나와버렸어. 집에 돌아오는 길에 영화관에 들러 혼자 영화를 봤어…… 혜리와 나는 서로에게 이런 식의 이야기를 적었다. 서로를 떠올릴 만한 기억도 공감대가 형성될 만한 주제도 없었으므로 각자의 혼잣말을 끝없이 늘어놓았다. 집에 돌아와 노트북으로 예능 프로그램을 틀어놓고 맥주를 마실 때나 혼자 묵은지를 썰어 김치찌개를 끓일 때면 나는 혜리를 떠올리며 다음 메일에는 이 이야기를 적어야겠다고 생각했다. 내 행동 하나하나가 혜리에게 건네는 말처럼 느껴졌다. 혜리와 함께 많은 시간을 보내고 있는 것만 같았다. 혜리와 나는 함께 영화관에 갈 리도, 마주 앉아 맥주를 마실 리도, 같은 날씨에도 같은 시간대에도 머물 리 없지만, 나는 그 점이 오히려 좋았다.

혜리는 스웨덴에서 박사과정을 밟는 중이라고 했다. 스웨덴에 처음 도착했을 때 혜리는 일부러 한국인을 피했다. 한국인과 어울리는 한국인은 영원히 한국인하고만 어울리게 된다는 경험담을 익히 들은 탓이었다. 한국인과 어울리기 위해 유학까지 온 것은 아니라고 혜리는 마음을 다잡았다. 다른 국적의 사람들에게 적극적으로 말을 걸었고, 몇 번 정도 무시나 거부를 당하기도 했지만, 결국 좋은 친구들을 사귀었다. 문제는 강의 시간에 발생했다. 유학생들을 위해 마련된 스웨덴어 시간이었다. 교수는 혜리를 쳐다보며 또박또박 말했다. 한국인들은 그릇에 머리를 박고서 밥을 먹는다고. 개처럼.

너무나 상투적이게도 그런 일을 겪었다고 혜리는 적었다. 더 끔찍하게 상투적인 일은 그 이후에 일어났다고 했다. 혜리는 이 일을 친구들에게 말했다. 친구들이 함께 분노하기를 바랐다. 그의 친구들은 혜리에게 되물었다. 그런데 왜 밥상에 머리를 박고 밥을 먹는 거지? 친구는 정말 궁금하다는 표정이었다. 혜리는 그런 질문에 인종차별이 전제되어 있다고 차근차근 설명했다. 친구들은 그제야 혜리를 이해했다. 그리고 그때부터 혜리를 사무적으로 대했다. 지나치게 예의를 갖췄다. 혜리가 엉뚱한 좌석의 공연 티켓을 끊어 왔는데 그 사실을 혜리에게 말해도 될까? 이 카페는 시나몬롤이 유난히 맛이 좋은데 혜리에게 그걸 시키자고 제안해도 될까? 혜리는 후회했다. 그들에게 인종차별을 주제로 한 이야기는 더 이상 하지 않기로 했다. 자신이 누구였는지를 친구들이 충분히 잊을 때까지 기다렸다. 친구들은 서서히 되돌아왔으나, 몇 달 뒤에 혜리는 수업 시간에 비슷한 일을 다시 겪었다.

한인 커뮤니티는 이미 인종차별 사건에 적극적으로 개입하고 있었다. 이들은 똘똘 뭉쳐 사건을 가시화했고, 문제 해결 절차를 밟아나갔다. 혜리는 그러나 한인들에게 도움을 청하지 않았다. 이미 오랜 시간 한국인을 멀리해왔기 때문이었다. 한인 커뮤니티는 혜리가 자신들을 은근히 무시하며 잘난

척을 하고 있다고 여기는 듯했다. 혜리가 도움을 청한다면 도움을 받게 될 테지만, 그것은 그저 도움을 받는 것만 의미하지는 않았다. 이 커뮤니티의 일원이 되는 것을 의미했다. 혜리는 그 사회에 소속되고 싶지 않았다. 혜리는 그 누구에게도 자신이 겪는 인종차별에 대해 말할 수 없게 되었다. 가까운 친구들은 가깝지만 멀었다. 한국인들은 멀었지만 가까웠다. 혜리는 나에게 자신이 겪은 숱한 모욕들을 적어 보냈다. 나처럼 멀리 있는 사람이 혜리에게는 필요했다. 가까워질 수 없고 개입도 불가능하고 그저 듣기만 하는 사람이 필요했다.

호랑가시나무 군락지를 빠져나오면 이 사비나가든에서 가장 높은 언덕이 나타났다. 거기에 사비나의 목공실이 있었다. 그곳은 목공 체험 교실이 되었다가, 박물관이 되었다가, 지금은 방치되어 있었다. 벽에는 먼지를 뒤집어쓴 액자들이 걸려 있었다. 톱밥 부스러기와 목재들이 바닥에 굴러다녔다. 안쪽에는 사비나의 책상이 놓여 있었다. 사비나가 오랫동안 사용했던 노트가 펼쳐져 있었다.

1991년 9월 21일.

빳빳한 솔잎은 휘어졌다. 힘없이 시들었다. 보름 동안 솔잎들은 갈색이 되었다. 남쪽에서 발생한 재선충에 감염된 것. 감염된 소나무들을 모두 잘라내야 한다. 재선충은 바람으로 이동, 뿌리까지 태워야 박멸 가능. 잠복 기간인 나무를 선별하는 일은 불가능하다. 결국 모두 죽여야 하는가.

그럴 수는 없다.

그가 심어놓은 모든 식물이 자라나고 죽을 때까지의 일들이 노트에 적혀 있다고 했다. 안내문은 이 식물일지를 영어가 아닌 한글로 적었다는 점을 특히 강조했다. 사비나가 한복을 입고 찍은 흑백사진이 한쪽에 프린트되어 있었다.

이 길의 끝에는 해안절벽이 있었다. 소나무들이 빽빽했다. 어떤 나무는 사람 정도로 키가 자그마했고, 어떤 나무는 빌딩처럼 높았다. 잘살고 있는 나무와 죽어가는 나무가 섞여 있을 터였다. 그루터기만 남은 나무 앞에는 '떠나간 친구를 위해'라는 푯말이 꽂혀 있었다. 이곳은 그가 키운 식물들이 살아가는 자리였으며, 동시에 묘지이기도 했다.

하늘의 정수리에 태양이 떠 있었다. 작은 연못에 끼어 있던 물안개는 사라졌다. 햇빛이 연못 가득 떨어지고 있었지만 물은 어두웠다. 나는 왔던 길을 되돌아갔다.

콘도에서 몇 걸음만 더 걸어가면 은돌항이 나왔다. 배는 없었고 해양파출소는 문이 닫혀 있었다. 항구의 안쪽에는 컨테이너 박스 몇 개를 이어 붙인 상가가 있었는데, 그곳이 은돌수산시장이었다. 시장이라지만 수산물을 팔지는 않았고, 가판대에 주민들이 모여 앉아 노루섬에서 채취한 것들을 다듬고 있었다. 나는 수산시장 가장 깊숙한 매점으로 갔다. 가끔 찾아오는 밤낚시 손님을 위한 물품을 주로 파는 가게였다. 그곳은 언제나 문을 열었다. 동네 사람들이 생필품을 구입할 수 있는 유일한 상점이기도 했기 때문이다. 나는 매일매일 계란이나 봉지쌀, 휴지 같은 것을 샀다. 전기장판에 앉아서 주판을 두드리고 거스름돈을 주는 할머니는 나에게 조금씩 바가지를 씌웠다. 한 통에 칠백 원이던 생수는 다음 날 팔백 원, 그다음 날은 구백 원이 되었다.

"뭉치 보고 가도 되죠?"

계산을 하며 나는 할머니에게 물었고 할머니는 그러라고 답했다. 가게 뒤쪽에 뭉치가 웅크려 있었다.

"뭉치야."

뭉치는 느릿느릿 고개를 들어 나를 쳐다봤다. 아련하게 눈을 뜨고 코를 킁킁거리며 공기 냄새를 맡았다. 내가 그냥 이름만 부르는 사람인지, 다가와 놀아줄 사람인지를 가늠하고 있는 듯했다. 집 앞까지 가서 쪼그려 앉았을 때에야 뭉치는 바깥으로 나왔다. 뒷다리를 쭉쭉 펴며 기지개를 켰다. 그리고 같은 자리를 빙글빙글 돌고 두 발로 일어서며 나를 반겼다. 나는 손바닥을 내밀었다. 뭉치는 내 손가락을 핥다가 손바닥에 얼굴을 묻고는 비벼댔다.

뭉치는 빨간 노끈으로 묶인 채 그곳에서 살았다. 할머니의 손주가 맡기고 갔다고 했다. 할머니의 말에 따르면, 뭉치는 이 은돌해변에 있는 모든 개 중에서 가장 호강을 하고 있었다. 사료를 먹는 개는 뭉치밖에 없을 것이라 했다. 개집 안에 방석도 넣어줬잖아. 할머니의 표정에는 뿌듯함이 가득했다.

그러나 길게 자라난 털 안에 있는 뭉치의 몸은 앙상했다. 털이 온통 엉겨 붙어 있었다. 목줄은 짧은데 화장실은 마련되어 있지 않아서, 개집의 외벽에다 다리를 들고 오줌을 누었다. 가끔 목줄이라도 풀어주면 어떻겠느냐고 나는 할머니에게 물은 적이 있었다. 할머니는 손사래를 쳤다.

"손주가 방에서만 키우던 개야. 어디 가본 적이 없어서 돌아올 줄도 몰라. 차도 모르고. 못 피해."

뭉치는 앞발을 모은 채 배를 드러내 보여줬다. 나는 뭉치의 배를 쓰다듬었다. 사람에게 마음을 표현하는 방법과 마음을 받는 방법을 잘 알고 있는 개였다. 나는 검지와 엄지를 폈다. 총을 쏘는 흉내를 내며 뭉치에게 겨누었다. 뭉치는 얼른 자리에서 일어났다. 항복하는 것처럼 두 발을 들었다. 새까만 발바닥이 보였다.

나는 콘도로 돌아왔다. 유리문에 모여 있던 고양이들은 사라져 있었다. 늦은 점심을 차려 먹고 설거지를 했다. 샤워를 하고 방 청소를 마치면 창밖으로 저녁의 기운이 몰려왔다. 이곳에서는 오후 네시부터 해가 지기 시작했다. 주민들은 오후 일곱시만 되어도 잠자리에 드는 듯했다. 여덟시면 모든 불이 꺼지고 사방이 캄캄해졌다.

나는 탁자에서 노트북을 펼쳤다. 메일함에 접속했다. 확인하지 않은 메일들을 확인하지 않았다. 그중에는 재연이 보낸 메일도 있었다.

재연은 넉 달 전 내게 메일을 보냈다. 개인전 도록에 같은 주제의 나의 글을 싣고 싶다는 청탁 메일이었다. 나는 다음에 기회가 된다면 꼭 함께 작업을 하고 싶다고 적었다. 며칠 뒤 재연에게서 다시 메일이 왔다. 재연도 나와 꼭 함께 작업을 하고 싶었다고 적었다. 그러나 다음 작업은 존재하지 않을 것 같다고 덧붙였다. 이 작업을 마지막으로 창작은 관두겠다고 했다. 재연은 얼마 전에 동료 작가의 자살 소식을 접했다. 그는 꽤 유명한 작가였고 수년간 이슈마다 한가운데에서 목소리를 내던 사람이었다. 그는 늘 배제되고 있다고 느꼈다. 협조적인 사람을 찾고 있다는 통보와 함께 그는 매번 프로젝트에서 제외됐다. 이제 포기하고 생업을 찾고 싶다는 그에게 재연은 아무 말도 하지 않았다. 작업을 그만두고 다른 길을 찾아도 된다고. 그 말을 해주지 못한 것이 재연은 미안했다. 재연은 건강에 대한 안부를 담아 메일을 끝냈다. 나는 바로 답장을 썼다.

예전에 제게 꿈이 뭐냐고 물은 적이 있지요. 을지로에 있는 당신의 작업실에서였어요. 재연씨는 휴학 중이었고, 저는 막 등단을 해서 활동을 시작하고 있었어요. 저는 머뭇거리다가, 꿈이 이루어져버렸다고 답을 했지요. 그게 어떻게 가능하냐고 재연씨가 제게 되물었잖아요. 하지만 사실이었어요. 제 꿈은 그저 글을 쓰면서 살아가는 것이었기 때문에.

이미 이루어진 꿈 안에서 살아가는 것이 저는 좋았어요. 꿈속에서 영원히 같은 꿈만 반복하며 살고 싶었습니다. 다른 꿈을 꾸는 일은 상상조차 해본 적이 없었어요. 제가 살면서 그 어떤 상처를 받게 되어도 이 꿈에는 영향을 끼치지 못할 거라 여겼습니다. 완전히 안전한 지대라고 믿었던 걸까요? 함께 문학을 하던 동료들이 한 명씩 그만둘 때마다, 저는 그들을 완전하게 이해하지는 못했어요. 심지어 재능은 있으나 끈기는 부족한 경우라고 단정 짓기까지 했답니다. 저는 이제야 그들을 다시 생각합니다.

이 년 전쯤이었을 겁니다. 제 동료가 문학계 권력 남용 문제를 이슈화하기 위한 포럼에 패널로 초청을 받았습니다. 포럼에서 발표할 자료를 수집하던 중에, 동료는 포럼 기획자에게서 연락을 받았어요. 비판을 하되, 언론을 통해 이미 알려진 내용으로만 발표문을 작성해달라는 것이었습니다. 애초에 그럴 생각이었다면 무엇을 위해 이런 포럼을 기획하였는지 동료는 질문을 했어요. 경각심을 통한 변화의 과정이 중요한 것이지, 우리가 내부고발자가 되자는 것은 아니라고, 우리가 그런 위험에 빠질 이유는 없다고 기획자는 동료를 설득했다고 합니다. 동료는 그것이 보여주기식 포럼이라고 느꼈어요. 포럼에 한 명의 도구로 사용된다고 느꼈어요. 결국 기획자로부터 받은 부탁의 내용까지를 포함해서 발제문을 작성했습니다. 이후 동료는 해리포터 시리즈에 나오는 볼드모트가 되어버렸습니다. 아무도 동료의 이름을 부르지 않아요. 이런 이야기를 다른 동료 작가들에게는 해본 적이 없어요. 재연씨가 문학을 하는 사람이었다면 재연씨에게도 하지 못할 이야기겠지요.

저는 올해 처음으로 이력서라는 것을 제대로 써봤습니다. 그동안 이력서를 써보지 않은 건 아니지만, 형식상 필요해서 제출하는 정도였거든요. 취업이라는 것을 해보려고 다른 사람들의 이력서를 검색하고, 희망연봉을 적고 자기소개서도 작성했습니다. 결국은 취업에 실패했지만, 그래도 기분이 좋았어요. 내가 다른 길을 가보려고 도전이라는 것을 해봤구나, 나도 달라질 수 있겠구나 싶었습니다.

여기까지 적고 나는 전송버튼을 눌렀다. 그러나 잠시 뒤에 재연에게 다시 메일을 썼다.

관두자, 라는 마음에, 더 해보자, 라는 말을 하는 것. 그거 말도 안 되는 말입니다. 그런 말이 사람을 고통으로 몰아간다는 걸 알고 있는데. 미안합니다. 재연씨에게도 제가 잘 모르는 재연씨의 동료분에게도요.

나는 메일을 전송하고 가만히 앉아 있었다. 내가 모르는 재연의 동료를 상상하는데, 내 친구의 얼굴이 떠올랐다. 활동가로 일했던 그 친구는 일을 그만두고 곧 캐나다로 떠난다며 내게 송별회를 열어달라고 했다. 탈조선을 축하하는 나에게 친구는, 이렇게 또 한 명의 활동가가 한국에서 조용히 휘발된다며 쓴웃음을 지어 보였다. 나는 핸드폰을 꺼냈다. 그 친구와 그동안 나눈 문자 메시지를 살펴보았다. 몇 달에 한 번씩, 그 친구는 내게 뜬금없는 문자를 보내곤 했다.

"살아 있어야 돼."

처음에는 그 문자에 적잖이 당황했다. 내게 하는 말인지 스스로에게 하는 다짐인지도 구분이 되지 않았다. 친구가 술에 취해서 센티해진 줄로만 알았다. 그러나 일을 그만두고 떠나가는 동료들이 한 명씩 늘어나면서 알게 되었다. 그것이 문자 그대로의 진심이라는 것을. 일을 지속하든 떠나가든, 살아 있어야 된다는 그 말이 정말로 그저 살아 있어야 된다라는 뜻임을. 내가 그들과 같은 부류라는 사실을 그들은 나보다 먼저 알고 있었을지 몰랐다.

친구들이 한 명씩 유학을 떠나거나 대학원에 입학하거나 취업을 할 때 나는 이 일을 계속하는 것을 선택해왔다. 통장 잔고가 간당간당할 때에도 나는 늘 글을 쓸 시간을 더 많이 확보하는 것을 선택해왔다. 술을 끊었고 취미를 없앴다. 외출을 최소한으로 줄였다. 동네 산책을 할 때에도 카페에 가지 않기 위해서 텀블러에 커피를 담아 들고 나갔다. 친구도 가족도 만나지 않았다. 주말도 명절도 없었다.

등단을 하고 나서부터는 끊임없이 일거리가 들어왔다. 인스턴트 음식을 전자레인지에 데워 먹고 밤을 새우며 글만 썼다. 모든 수입은 원고료였고, 그나마도 허리디스크가 생기면서부터는 병원비로 쓰였다. 일을 해서 병을 얻고 그 일로 병원비를 충당했다. 그래도 내가 좋아하는 일을 한다는 기쁨이 있었다. 가난을 예술가의 조건쯤으로 여기면서. 그러다가 포럼에 초청을 받았다. 그 사건 이후로 나는 그만두고 싶다는 마음을 억누르기 위해 억지로 글을 쓰는 사람으로 변해갔다. 나는 혜리에게 이 이야기를 털어놓았듯이 재연에게도 이 이야기를 할 수 있을 줄 알았다. 그러나 나라는 주어를 동료라는 주어로 야금야금 바꾸었다. 나를 은닉하고 보호하려는 과도한 노력이 몸에 배기 시작했다.

그만두고 싶다는 사람과 함께할 때가 나는 편안했다. 잘 알지도 못하는 사람이지만 금세 친밀감을 느꼈다. 그 사람을 잘 알고 있는 듯했다. 신입생 때 나처럼 문학에 대한 열정을 온몸으로 뿜어대는 동기들이 가장 좋았듯이.

재연은 그 뒤로도 여러 차례 나에게 메일을 보냈다. 나는 그 메일들을 차마 열어볼 수 없었다. 두 달 뒤, 재연이 개인전을 열었다는 소식을 들었다. 전시장은 행인이 드문 주택가 골목에 위치했다. 공사를 하다 중단된 것처럼 보이는 콘크리트 건물이었다. 입구에 들어서자 곰팡내가 풍겼다. 내부에는 아무도 없었다. 석유난로만 빨갛게 켜져 있었다. 프로젝터의 불빛이 공간을 가로지르고 있었다. 동그란 렌즈에서 삼각형을 그리며 뿜어져 나온 영상이 벽에 맺혀 있었다. 나는 프로젝터 옆에 쪼그려 앉았다. 허공에서 물이 흘러내렸다. 한 사람이 두 손을 오목하게 모았다. 두 손으로 흘러내리는 물을 받았다. 손안에 투명하게 차오르던 물이 손가락 사이로 이내 흘러내렸다. 다른 사람의 두 손이 그 물을 받아냈다. 또 그 아래에 오목한 두 손과 흘러내리는 물이. 또 그 아래 두 손과 흘러내리는 물이…… 비가 오는 것 같았다. 내 머리 위로 떨어질 비를 저 손들이 다 받아내고 있는 것 같았다.

입간판에 붙은 포스터가 우글우글 젖어 있었다. 정말로 비가 오고 있었다. 처마 바깥으로 손을 내밀어보았다. 내리는 것조차 느끼기 힘들지만 걷다 보면 옷이 젖게 되는, 안개비였다.

"얼음의 언저리를 걷는 연습."*

재연의 전시 제목을 보며, 나는 얼음의 언저리에다 자기 발을 조심스레 내려놓는 재연의 모습을 그려보았다. 나는 우산을 펼쳤다. 입간판 윗면의 경첩 사이 작은 틈에 우산을 꽂았다.

혜리에게 메일을 썼다. 노루섬에 대해. 사비나가든에서 주운 낙엽에 대해. 수산시장 뒤쪽에서 만난 뭉치에 대해 썼다. 혜리의 부탁대로 뭉치에게 총 쏘는 흉내를 내봤더니, 혜리의 말대로 뭉치가 앞발을 번쩍 들어 항복하는 자세를 취했다고 적었다. 나의 눈에는 마치 만세를 부르는 것처럼 보였다고 적었다.

* 미술작가 강지윤의 개인전 「얼음의 언저리를 걷는 연습」(탈영역우정국, 2019. 11. 22~12. 3)에서 이미지를 빌려왔다.

혜리와 내가 서로에게 이런 유의 부탁을 하기 시작한 것은 작년 여름이었다. 스웨덴은 백야가 한창이었고, 한국은 폭염이 시작되었다. 몇 달씩 어둠과 장마가 지속되는 극야보다는 백야가 훨씬 좋다고 혜리의 친구들은 입을 모았다. 잔디밭에 앉아 햇볕을 쬐고 밤새워 맥주를 마시며 혜리의 친구들은 백야를 만끽했다. 축제가 시작되었고 백야를 보기 위한 관광객들이 전 세계에서 몰려들었다. 혜리는 극야보다 백야가 더 견디기 어려웠다. 끝이 없는 빛보다 끝이 없는 어둠이 차라리 나았다. 낮에도 낮이고 밤에도 낮이었기 때문에, 밤에 잠을 자도 눈을 뜨고 있는 것 같았다. 종일 취한 사람처럼 나른하기만 했다. 혜리는 스톡홀름에 있는 한식당이 여름 시즌 냉면을 개시했다는 소식을 들었다. 매년 여름마다 들려오는 소식이었지만 혜리는 한 번도 한식당을 찾아간 적이 없었다. 값이 비싼 이유도 있었지만, 한국 음식에 대한 향수를 끊어버리고 싶다는 마음이 더 컸다. 영어만으로도 말이 통하는 스웨덴에서 현지인들만 사용하는 스웨덴어까지 익혀온 것은 자신의 뿌리를 완전히 옮기고 싶었기 때문이었다. 그러나 이십사 시간 외국어를 듣고 말해도 머릿속으로는 한국어를 중얼거리는 자신을 발견하곤 했다. 지나가는 사람의 한국말은 넋을 놓고 있어도 알아들었으나, 외국어는 온 신경을 집중해 머릿속으로 번역을 해야 했다. 가끔은 누군가와 한국말로 대화를 나누고 싶었다. 한국에도 여기에도 소속되지 못할 것이라는 불안감이 언제나 혜리를 따라다녔다. 긴 유학 생활이 끝났을 때,

무엇이 남게 될지를 상상하면 혜리는 늘 아득했다. 한국을 떠날 때 품었던 해방감 대신에 혜리를 찾아온 것은 고립감이었다. 혜리는 진절머리가 쳐지는 소속감보다는 고립감이 낫다고 여겼다. 그랬던 혜리가 처음으로 냉면을 사 먹으러 가는 길이었다. 살얼음이 둥둥 떠 있는 육수를 들이켜고 싶었다. 축축한 미트볼 대신 아삭아삭한 무생채를 씹어 먹고 싶었다. 백야 때문에 찌뿌둥했던 온몸의 세포가 깨어날 것 같았다.

한식당은 한산했다. 짐작했던 것보다 냉면은 더 비쌌다. 짐작했던 것보다 냉면은 더 맛없었다. 육수는 미지근하고 찝찌름했다. 양념장에서는 캡사이신 맛이 났다. 면은 퉁퉁 불어 들러붙어 있었다. 냉면도 아니고 냉면이 아닌 것도 아닌 맛이 꼭 자신의 몰골 같다고 혜리는 생각했다. 만약 냉면을 좋아한다면, 그리고 을밀대 근처를 지나갈 일이 생긴다면, 자기 대신 물냉면 한 그릇을 먹어달라는 부탁을 농담처럼 던지며 혜리는 메일을 끝냈다.

나는 을밀대에 갔다. 워낙 유명한 곳이니 한번쯤 먹어보아도 괜찮겠다는 생각으로 줄을 서서 기다렸다. 한 시간이나 기다려서 들어갔으나 을밀대의 물냉면은 내 입맛에 맞지 않았다. 육수는 밍밍하기만 했다. 면은 미끄덩거렸고 툭툭 끊어졌다. 허여멀건 무생채에는 고춧가루 한두 개가 붙어 있었다. 이것을 왜 사람들이 맛있어하는지 이해할 수 없다고 나는 혜리에게 말했다. 혜리는 내 메일을 재밌어했다. 말투만 읽어도 얼마나 맛이 없었는지 생생하게 전달이 된다고 했다. 냉면 생각이 날 때마다 내 메일을 반복해서 읽겠다고 했다.

혜리와 나는 서로에게 간단한 부탁을 하기 시작했다. 만약 근처에 갈 일이 있다면, 으로 시작되는 부탁이었다. 나는 스톡홀름의 노벨박물관에서 파는 노벨 아이스크림을 먹어봐달라고 부탁했다. 아이스크림은 엄청나게 화려했지만 처참하리만큼 맛이 없는 시큼한 딸기가 토핑되어 있었다는 답변이 돌아왔다. 아이스 홍시를 사 먹어달라는 부탁을 들었고, 나는 태어나서 처음으로 샤베트 같은 아이스 홍시를 먹어보게 되었다. 혜리는 린드그렌 작가의 집을 찾아가달라는 나의 부탁을 들어주다가 근처에 있는 시립도서관을 발견했고 처음으로 들어가보게 되었다. 원형의 서가로 둘러싸인 웅장하고 고풍스러운 공간에 매료되었다고 했다.

나는 혜리의 부탁을 들어주기 위해 이전보다 더 자주 바깥에 나왔다. 더 많이 걸었다. 그리고 혜리에게 부탁할 것들을 궁리했다. 그다지 원한 적 없었던 사소한 것이라도 생각해내려 애썼다. 혜리는 두 달 전쯤에는 뭉치를 찾아가줄 수 있겠냐는 부탁을 해왔다. 이번에는 '근처에 갈 일은 없을 테지만'으로 시작되는 메일이었다.

나는 혜리에게 메일을 쓰다 말고 자리에서 일어났다. 냄비에 불을 올렸다. 계란 네 알을 삶고, 차가운 물에 식혀 껍질을 벗겼다. 간장에 양념을 한 다음, 계란과 함께 조렸다. 보글보글 끓는 소리와 함께 방에 간장 냄새가 차올랐다. 밥을 다 먹고 나면 혜리에게 계란장조림 레시피에 대해 말해야겠다고 생각했다. 간장 정도는 식료품 가게에서도 쉽게 구할 수 있을 테니까 혜리도 맛있게 먹을 수 있을 것이다. 나는 환기를 하려고 창문을 열었다. 잠시 창밖을 내다보았다. 달은 아직 내 창문에 담기지 않았다. 밤이 더 깊어지면 달은 이 사각형 안에 머물 것이다. 이 창가에서 맞이하는 두번째 보름이 될 것이다. 나는 퇴실을 미뤘고, 또 퇴실을 미뤘다. 사박 오일로 계획했던 여행 일정이 두 달 가까이로 늘어나고 있었다. 이곳에서 영원히 살고 싶다고 생각했다. 그것도 괜찮은 선택 같았다.

창문을 닫고 계란장조림과 함께 밥을 먹기 시작했다. 다 먹으면 메일을 다시 쓸 것이다. 내일도 낙엽 하나를 주우러 사비나가든에 갈 것이다. 그리고 사비나의 노트의 다음 장을 읽을 것이다. 사비나는 어떻게 소나무숲을 지켜냈던 것일까. 어디부터 어디까지를 잘라내고 태웠던 것일까. 죽일 나무와 살릴 나무를 어떻게 선별했을까. 사비나는 스스로를 떠난 자라고 여겼을까, 아니면 남은 자라고 여겼을까. 미국에서 사비나는 사라진 사람일 것이다. 내일이면 혜리에게서 새로운 답장이 도착할 것이다. 나의 질문에 대한 대답으로, 혜리는 뭉치의 다른 특징 한 가지를 내게 더 알려줄 것이다. 겨드랑이에 가마가 있다거나, 노래를 따라 부를 줄 안다거나. 나는 바다를 건너가는 노루를 한 번 더 보기 위해 매일매일 창가에 서 있을 것이다. 보이지 않기를 바라면서 기다릴 것이다.

수상 후보작

장류진

연수

장류진

© 김재민

2018년 창비신인소설상을 받으면서 작품활동을 시작했다. 소설집 『일의 기쁨과 슬픔』이 있다. 제11회 젊은작가상, 제7회 심훈문학대상을 수상했다.

출발지에 집 주소, 목적지에는 출근지의 주소를 검색해 넣었다. 그리고 자동차 길 찾기 버튼을 눌렀다. 아파트 지하주차장에서 나가 우회전 두 번 바로 좌회전 한 번. 자동차전용도로를 타고 직진. 계속 직진. 사거리에서 크게 좌회전. 그리고 직진 또 계속 직진. 그렇게 얼마간 가다보면 목적지에 도착했다. 큰길까지 나가는 작은 길들을 제외하면 둥근 'ㄱ'자 모양의 길이었다. ㄱ자의 가로획을 달리는 데 십 분, 세로획을 달리는 데 십 분. 합해서 이십 분의 거리. 출퇴근이 차로 이십 분 걸린다는 이야기를 하면 모두들 부러워했다. 이번엔 모의 주행 버튼을 눌렀다. 휴대폰 화면 속에 출근길 도로가 일인칭 시점으로 펼쳐지기 시작했다. 화면을 눈으로 좇으면서 쥐고 있던 차 키를 만지작거렸다. 견고하게 양각된 로고를 엄지손가락 끝으로 천천히 매만졌다. 신형 A5 스포트백. 화려하지만 과하지 않은 페이스, 날렵하게 빠진 뒤태를 떠올리면 기분이 좋아졌다. 이 차를 타고 이제 출근만 하면 되는데.

나는 운전을 못한다. 잘 못하는 게 아니라, 그냥 못한다. 기능시험에 두 번 낙방, 도로주행 세 번 낙방 후 네번째에 면허를 따긴 했지만 그마저도 구 년 전의 일이었다. 심지어 그중 한 번은 사고를 냈다. 예의 그 샛노란 차를 타고서. 조수석에는 감독관이, 뒷좌석에는 다음 응시자가 타고 있었고 나는 핸들에 바짝 붙어 앉은 채로 그저 차선만 따라 달리던 중이었다. 그러다 별로 크지도 않은 사거리를 지나던 때에, 길과 길이 교차해 차선이 잠시 끊어졌다 이어지는 그 짧은 찰나, 내가 달리고 있던 차선이 이쪽인지 저쪽인지 헷갈려 어어, 어어, 하다 앞차를 그대로 들이받았다. 충돌의 순간, 감독관은 본능적으로 손을 뻗어 핸들을 오른쪽으로 꺾었다. 뒤에 타고 있던 응시자는 몸이 한쪽으로 급격히 쏠리는 바람에 창문에 머리를 박았다. 쿵, 뒤이어 반사적인 비명. 질끈 감았던 눈을 떠보니 후면 범퍼의 오른쪽 귀퉁이가 옴폭 들어간 SUV에서 운전자를 포함한 4인 가족이 뒷목을 잡고 줄줄이 내리는 광경이 펼쳐지고 있었다.

"이주연 씨 실격! 시동 끄고 내리세요!"

단순히 시험에 떨어졌다는 사실을 전달하려는 게 아니라 네가 저지른 일을 똑바로 마주하라는 듯 책망과 비난이 가득했던 그 목소리. 이후에도 그 힐난조의 목소리는 머릿속을 떠나지 않고 한동안 끈질기게 나를 괴롭혔다. 실격, 시동 끄고,

내리세요. 실격, 시동 끄고, 내리세요.

운전은 내게 유일한 실패의 경험이다. 살면서 마주한 여러 관문들을, 대부분 성공적으로 통과해왔다. 지역 명문 고교 입시에 합격했고, 원하던 대학에 한 번에 입학했고, 장학금을 받았고, CPA도—물론 공부하는 동안은 힘들고 어렵고 외로웠지만—삼 년간의 공부 끝에 합격했다. 빅 펌 네 군데 중 맘에 드는 두 군데에 원서를 썼고, 모두 최종 합격했으며, 그중 초봉이 더 높은 곳을 골라 입사했다. 스물다섯 살 때의 일이었다. 무언가 해내고 싶은 마음, 되고 싶은 모습이 있는데 아무리 노력해도 그 모습에 가닿을 수 없다는 게 얼마나 괴로운 일인지, 잘 몰랐다.

그러니까 운전대를 잡기 전까지는.

*

아무래도 운전을 해야 하지 않을까, 다시 생각하게 된 건 신규 프로젝트 때문이었다. 앞으로 최소 삼 개월 이상 출근해야 하는 클라이언트의 오피스가 집에서 멀지 않은 곳에 있었는데 교통편이 애매했다. 버스로는 아홉 정거장일 뿐이었지만 타러 나갈 때, 그리고 내리고 나서 걷는 시간만 이십 분이 넘었다. 같은 길을 차로 이동하면 도어 투 도어로 이십오 분이라는 사실을 확인하자 마음이 흔들릴 수밖에 없었다. 때마침 사내 홍보 게시판에 올라온 수입차 프로모션 행사, 때마침

눈여겨봐오던 신형 모델, 때마침 나온 상반기 인센티브……
나는 덜컥 계약서에 사인해버리고 말았다.

출고일을 알리는 딜러의 전화를 받은 날, 포털사이트에 '운전 연수'를 검색했다. 결과를 최신순으로 정렬해두고 제목을 살폈다. 대부분 업체에서 운영하는 블로그의 광고성 글이었는데, 우리 동네 맘카페가 출처인 글을 하나 발견하고 곧장 클릭했다. 연수가 너무 만족스러워서 추천한다는 본문 내용이 눈에 들어왔고 그 아래에는 강사의 연락처를 문의하는 댓글이 줄줄이 달려 있었다. 각각의 댓글에는 원글의 작성자인 '준서맘'이 일일이 비밀댓글을 달아두었다. 가장 최근 작성된 댓글은 바로 어제 달린 것이었는데, '십 년 장롱면허 청산했어요. 정말 잘 가르치세요!'였다. 왠지 신뢰가 가서 문의해보려 했지만 카페 회원이 아닌 사람은 댓글을 달 수도, 쪽지를 보낼 수도 없었다. 나는 우선 카페에 가입했고 정회원 승급 조건을 맞추기 위해 가입 인사를 쓰고 틈틈이 이런저런 글에 댓글을 달았다.

내 닉네임은 '주연맘'이었다. 그냥 내 이름 뒤에 '맘'만 갖다 붙인 것으로, 어차피 등급만 조정되면 따로 활동은 하지 않고 필요할 때 원하는 정보만 얻어 갈 생각이었다. '진짜 주연맘'과는 냉전 중이었다. 몇 년 전부터 본가에 내려갈 때마다 대체 결혼은 언제 할 거냐면서 들볶이는 일에 지쳐 있었고, 문제의 그날 역시 오늘도 한소리 듣겠구나 하는 마음에 고속버스 안에서부터 스트레스를 받고 있었는데, 도착하자

마자 엄마가 잔뜩 차려둔 밥상 위로 내민 건 이미 가입이 완료된 수백만 원짜리 결혼정보회사의 서류였다. 위태롭게 이어져 있던 무언가가 툭, 하고 끊어지는 소리가 들리는 것 같았다. 입을 열기도 전에 나는 이미 서류를 한 손으로 구겨 쥐고 있었다.

"대체 왜 그래? 왜 이렇게 쓸데없는 데 돈을 쓰는 거야? 이럴 돈 있으면 엄마 옷이나 좀 사 입든지!"

내가 결국은 서류를 바닥에 내던졌을 때도, 엄마는 눈 하나 깜짝하지 않고 그걸 다시 주워 들었다.

"내가 너한테 해준 게 뭐가 있니. 비싼 과외를 시켜줘봤니, 해외연수를 보내줘봤니…… 주연아, 너는 내가 따로 신경 못 써도 뭐든 알아서 척척 잘해왔잖아. 그게 얼마나 고마우면서도 미안했는지 아니?"

엄마가 보글보글 끓고 있는 된장찌개를 내오면서 말했다.

"네가 여태까지 다른 건 알아서 다 잘해왔으니까, 이건 내가 해주고 싶어서 그래. 다른 건 몰라도 너 결혼만큼은, 내가 꼭 시켜주고 싶어."

또 시작된 엄마의 요지경 화법. 마치 내가 갖고 싶어했지만 끝내 가지지 못한 결핍을 자신의 큰 결심으로 채워주겠다는 뉘앙스. 문제는 내가 비혼주의자이며, 엄마에게도 그 계획을 이미 여러 번 말했다는 사실이었다.

"왜 또 거룩한 척하면서 나만 나쁜 사람 만드는 거야? 내가 결혼 생각 없다고, 결혼 안 할 거라고, 몇 번이나 말했잖아요."

"괜찮아. 걱정하지 마. 이건, 엄마가 해줄게."

또 못 들은 척. 도무지 말이 통하지 않았다. 엄마의 청력은 평소에는 멀쩡하다가도 결혼 안 하겠다는 말만은 필터라도 걸어놓은 듯 튕겨냈다. 나는 먹던 밥숟가락을 식탁 위에 딱 소리 나게 내려놓고 그대로 집을 나와버렸다. 그날 이후로는 서로 전화 한 통 오가지 않았다. 벌써 두 달째. 냉장고의 밑반찬들이 바닥을 드러내기 시작했고, 결혼정보회사로부터 안내 메시지가 쏟아지고 있었다.

카페에 가입한 지 정확히 일주일 뒤, 정회원으로 승급되었다는 알림을 받았다. 나는 글 작성자에게 쪽지로 강사의 연락처를 물었고, 전화번호를 하나 받을 수 있었다. 준서맘 소개로 왔다 그러면 잘해줄 거라기에 고맙다고 답장을 보내고 카페를 괜히 한번 둘러보고 있는데 전체 글 목록에 새 글이 떴다. '사고팔고' 게시판에 올라온 글이었다. 무심결에 클릭해보니 자동차 캐릭터가 그려진 손바닥만 한 삼각팬티 열 장을 다섯 장씩 두 줄로 나란하게 펼쳐놓은 사진 한 장과 그 각각의 팬티를 하나씩 찍어 올린 사진 열 장이 첨부되어 있었다. 개당 천 원이고 열 개 다 하시면 팔천 원에 드려요. 기저귀를 막 뗀 삼십 개월 무렵의 아이가 입으면 딱 좋다는 말과 함께 전부 깨끗이 빨아서 다려놨다는 부연 설명이 적혀 있었다.

카페에서 육아용품들이 거래된다는 사실은 알고 있었지만, 입던 팬티까지 사고파는 일이 벌어질 거라고는 생각지도 못했다. 입던 팬티를 천 원 주고 사는 삶과 입던 팬티를 팔아서 천 원을 버는 삶, 둘 다 생경하게 여겨졌다. 예전에 우연히 보게 된 어떤 커뮤니티의 글에서 남편의 팬티를 빨 때마다 미세하게 똥이 조금씩 묻어 있어 정나미가 떨어진다는 푸념을 본 적이 있었다. 충격을 받은 것도 잠시, 공감한다는 댓글들을 보고 한 번 더 깜짝 놀랐다. 아마 내가 비혼을 결심하게 된 건 인터넷에서 얼굴도 모르는 사람들이 생생하게 전해주는 기혼의 삶을 들여다봤기 때문일 것이다. 나는 그들에게 끝을 알 수 없는 고마움을 느꼈다. 이런 디테일을 하나도 모른 채로 누군가와 결혼했으면 어쩔 뻔했나, 그 생각만 하면 그지없이 아찔했다. 안쪽에 똥이 묻어 있는 성인 남자의 후줄근한 트렁크 팬티를 상상하자 참혹함에 온몸이 떨려왔다. 나는 재빨리 로그아웃 버튼을 누르고 브라우저를 닫았다. 남아 팬티 한 개 천 원 열 개 팔천 원의 세계로부터 황급히 빠져나왔다. 그리고 생각했다. 난 내 팬티만 빨면 돼. 그건 팬티 한 장만큼 가벼운 일이었다.

카페에서 받은 휴대폰 번호를 저장하자 메신저의 친구 목록에 자동으로 새 계정이 떴다. 프로필을 눌렀더니 새하얀 테니스 원피스를 입은 웬 까무잡잡한 여자애 사진이 나왔다. 머리를 하나로 높게 묶은 채로, 초록색 라켓을 양손으로 잡고 있었다. 공을 쳐내기 직전의 순간을 찍은 것 같았다. 상태 메시지는 '한국의 샤라포바'였다. 나는 '운전연수 해주시는 분 맞나요? 준서맘 소개로 연락드립니다'라고 메시지를 보냈고, 곧바로 이렇게 답이 왔다.

(아래 서식 작성 요망)

이름:

주소:

나이:

혈액형:

차종:

면허 취득 시기:

원하는 연수 날짜:

순식간에 답이 온 것으로 보아서는 새로 입력한 게 아니라 어딘가 저장해둔 걸 복사해서 보낸 것 같았다. 제대로 찾아온 게 맞구나, 하는 안도도 잠시. 혈액형은 대체 왜 필요한가 싶어 의아해졌다. 혹시 연수 중에 교통사고가 날까 봐 그런가? 수혈이 필요한 경우를 대비해서? 그게 아니고서야 운전 연수에 혈액형이 필요할 이유가 없었다. 우선 서식을 채워 보낸 뒤에 비용이 어떻게 되는지를 물었다. 이번에도 바로 답장이 왔다.

—기본 하루 두 시간 반씩 다섯 시간 기준 12만 원 열 시간 22만 원입니다.

잠시 고민하다 답을 보냈다.

—일단 다섯 시간 먼저 해보고 부족하다 싶으면 그때 10만 원 추가해서 열 시간으로 바꿔도 될까요?

이번에는 한참 동안 답장이 오지 않았다.

—원래 안 되는데 준서 엄마 소개로 오셨다니 해드릴게요.

어디 소속되어 일하는 것도 아니면서 원래 안 되는 건 또 뭘까. 메시지가 하나 더 도착했다.

—아까 말한 요금은 강사 차 기준이고 자차 연수는 만 원 추가되세요.

네, 하고 답장해놓고 나서야 무언가 이상하게 느껴졌다. 오히려 자차로 하는 게 더 저렴해야 하는 게 아닌가? 기름값이 안 드는데 왜 만 원 더 비싼 거지? 연수용 강사 차에는 조수석에도 브레이크가 달려 있다고 들은 적이 있었다. 혹시 교통사고 위험부담 차원의 금액인가…… 내 차로 하면 그런 보조 브레이크도 없고…… 사고 날 확률이 더 높으니까…… 아, 교통사고 생각은 제발 그만해야지.

쓸데없는 생각이라는 걸 알았다. 알면서도 자꾸 운전만 떠올리면 생각이 교통사고 쪽으로 질주했다. 자차 연수의 추가 요금이 어떻게 책정된 것인지는 묻지 않고 그냥 넘어가기로 마음먹었다. 다 이유가 있겠지. 그런 질문으로 상대의 기분을 언짢게 만들기는 싫었다. 어쨌든 이 사람과 최소 다섯 시간은 꼼짝없이 붙어 있어야 하니 되도록 분위기 좋게 가는 게 나았다. 만 원이 뭐라고. 나에게도 천 원, 이천 원 하던 고시생 시절이 있었다. 만 원, 이만 원 하던 사회 초년생 시절도 있었다. 이제는 빅 펌의 구 년 차 회계사, 시니어 매니저였고 작은 돈에는 크게 연연하지 않을 수 있게 되었다. 강사의 메시지가 또다시 도착했다.

—바닥 얇은 컨버스, 플랫슈즈류 착용. 개인 물 준비.

대체 어떤 사람일까. 뭔가 어설픈 와중에 또 묘하게 프로다운 구석이 있었다.

*

가느다란 은테 안경을 쓴, 작달막한 단발머리 아주머니가 조수석 쪽의 창문을 손등으로 두드렸다. 나는 눈인사를 하면서 얼른 버튼을 눌러 창문을 열었다. 창문이 미처 다 내려가기도 전에 머리통이 먼저 쑥 하고 들어왔다.

"연수 받으실 분 맞죠?"

"예, 안녕하세요."

차 문을 열고 들어와 조수석에 앉은 그녀는 들고 있던 락앤락 보온병을 컵 홀더에 꽂아 넣으며 자세를 가다듬었다. 왼쪽 겨드랑이에 웬 기다란 막대기를 끼운 채였다. 반짝이는 금속 재질로, 당연히 금은 아니겠지만 어쨌거나 색은 금색이었고, 길이는 골프채만 했다.

"잠시 작업 좀 할게요."

그녀가 갑자기 내가 앉은 운전석 아래쪽으로 허리를 굽혀 머리를 집어넣는 바람에 깜짝 놀라 다리를 오므렸다. 브레이크와 의문의 금색 봉을 연결해 고정시키려는 것 같았다. 앞에서 볼 때는 몰랐는데, 그녀의 뒤통수 쪽엔 흰머리가 잔뜩이었다. 한참을 엎드려서 달그락거리던 그녀가 다시 허리를 곧추세워 앉았다. 피가 쏠려 얼굴이 새빨개져 있었다. 알고 보니 이 금색 막대기는 '연수봉'이라는 것으로, 연수 도중 위험한 상황이 발생할 때마다 브레이크를 대신 눌러줄 수 있게끔 제작된 것이라고, 그녀가 빨개진 얼굴에 연신 손부채질을 하면서 설명했다. 그 말을 듣자 전날 밤부터 내내 나를 좀먹고 있던 두려움이 옅어지면서 조금 안심이 되었다. 그녀가 대뜸 말했다.

"스티커, 저거 가지고는 안 돼요."

"네?"

"초보운전 스티커 말이에요. 보이지도 않는 걸 붙여놨더구만."

"아, 네……"

왜인지는 몰라도 초보운전 스티커는 하나같이 조악했다. 그렇다고 안 붙일 수도 없고, 새 차에 어울리지 않는 유치한 스티커를 붙이기는 싫어서 바쁜 와중에도 인터넷 쇼핑몰을 뒤지고 뒤져서 겨우 찾은 스티커였다. 각진 정방형의 테두리 안에 영문 대문자로 'NEW DRIVER'라고만 적혀 있는 깔끔한 디자인이었다. 크기도 다른 스티커들에 비해 작았지만, 제 기능은 충분히 할 법하다고 여겼다.

"내일은 A4 용지에 초, 보, 라고 한글로 크게 인쇄해 오세요. 궁서체로."

초반부터 혼나는 분위기라 어쩐지 주눅이 들었다. 도로에 나가면 혼날 일이 더 많을 것 같은데 어쩌지, 싶어 걱정하고 있는데 예고도 없이 수업이 시작됐다.

"자, 브레이크 한번 밟아보세요."

시키는 대로 오른발로 브레이크를 밟았다. 그녀가 연이어 말했다.

"좋아. 그럼 이제 액셀 한번 밟아볼게요", "왼쪽 깜빡이 한번 켜볼게요", "이제 오른쪽 깜빡이……"

"저기, 선생님."

강사님이라고 하려 했는데, 회사에서 동료를 부르는 호칭이 '선생님'이다보니 나도 모르게 선생님 소리가 나와버렸다.

"저 그 정도로 초보는 아니에요. 예전에도 연수 받아본 적 있거든요."

"근데 왜 또 받아요?"

그러게. 나는 왜 또 연수를 받고 있을까. 잠시 머뭇거리다 입을 열었다.

"그게…… 옆에 사람 태우고 연습은 꽤 해봤는데요, 혼자 나가려고만 하면 심장 떨려서 못하겠어요. 꼭 사고 날 것만 같고."

나는 그동안 분석한 나의 문제점을 그녀에게 전달했다. 나는 운전하는 법은 아는 것 같다. 어떻게 하는지는 다 안다. 아는데, 아무래도 겁이 너무 많아서 문제인 것 같다. 선생님이랑 같이 도로에 나가서 실전 경험을 쌓고 운전에 대한 공포를 극복하고 싶다. 우선 회사와 집을 왔다 갔다 하는 것 위

주로 연습했으면 좋겠다. 왜냐하면 당장 출퇴근이 제일 급하기 때문이다…… 하지만 그녀는 내 말을 주의 깊게 듣지 않는 것 같았다. 말을 중간에 자르더니 코스는 자기가 알아서 할 테니까 일단 시동부터 걸라고 했다. 나는 기분이 좀 상한 채로 시동 버튼을 눌렀다. 시동이 걸리지 않았다. 브레이크를 밟은 상태에서 버튼을 눌러야 한다고 그녀가 가르쳐주었고, 나는 그제야 제대로 시동을 걸 수 있었다.

"자, 출발."

브레이크에서 떼어낸 발을 액셀로 옮겨 밟았다. 차가 나아가기 시작했다.

"어허, 그렇게 콱콱 밟지 말고 지그시 눌러야지. 그치, 그렇게."

근데 왜 반말을 하지, 라고 생각하고 있는데 그녀가 룸미러를 조정하면서 날카롭게 말했다.

"말이 좀 짧을 수 있어요."

도로 연수를 하다보면 정신이 없으니까 '요'자를 붙일 시간이 없다는 것이었다. 안전을 위한 것이라고 하니 탐탁지는 않지만 수긍할 수밖에 없었다. 내가 얌전히 네, 하고 대답하자 그녀가 처음으로 입가에 옅은 미소를 띠면서 말했다.

"내 눈에 초보들은 다 아기 같단 말이야."

그리고 덧붙였다.

"그것도 갓 태어난 갓난아기."

새벽 여섯시의 도로는 한산했다. 나는 그녀의 지시에 따라 가거나 멈추거나, 우회전하거나 좌회전하거나, 차선을 바꿨다.

사이드미러의 각도는 지평선이 아래위를 정확히 반으로 가르게끔 조정. 절대 사이드미러에 시선을 오래 두지 말 것. 딱 일 초만 볼 것. 이 초까지는 허용. 힐끗, 봤을 때 뒤차의 차체가 지붕부터 바퀴까지 온전히 다 보인다면 충분한 거리가 확보되어 있다는 뜻. 그때 액셀을 세게 밟아 속도를 높이면서 핸들을 슥 꺾어 들어가면 차선 변경 끝.

깐깐하다는 맘카페에서 소문난 이유를 알 것 같았다. 썩 친절하지는 않지만 귀에 쏙쏙 들어오게 설명하는 스타일이었고 상황에 맞는 공식을 알려주면서 가르쳐 기억하기가 편했다. 조수석에서 때마다 적절히 눌러주는 금색 연수봉의 도움을 받아 어느새 차선 바꾸기를 스무 번쯤 성공하고 큰 사거리에서의 좌회전, 유턴에 이어 과속방지턱을 부드럽게 넘는 것까지 성공했을 때, 그녀가 물었다.

"근데, 수업을 이렇게 일찍 해서 어떡해. 남편은 굶고 출근했나?"

"남편이요?"

"여기는 밥 안 차려줘도 돼?"

"저 결혼 안 했는데요."

했어도 안 차려줄 건데요, 저도 바빠요, 라고 하고 싶었지만 그런 말은 하지 않았다. 이런 질문을 하는 사람한테 대체 무엇을 어디서부터 어떻게 이야기해야 할지 상상만 해도 진이 빠졌다. 무엇보다 지금은 운전 중이었다. 내겐 너무나 낯선 이곳, 도로에서 살아남기 위해 다른 생각을 할 겨를이 없었다. 온 정신이 운전에 쏠려 다른 쪽으로는 논리가 다 무력해진 느낌이었다.

"아가씨구나. 나이가 좀 있어서 결혼한 줄 알았지. 어쩐지 너무 아가씨 같더라 했어. 딱 보기엔 그냥 이십대 같네."

그녀는 느닷없이 내 피부의 탄력성을 칭찬하더니, 뒤이어 내 결심을 높게 평가해주었다. '미리' 연수를 받기로 마음먹은 건 아주 잘한 일이라고. 무슨 말인가 싶어 더 들어보니 나중에 결혼해서 아기 낳아보면 알겠지만 그때 차가 꼭 필요해질 거라는 말이었다. 둘째 임신하고 배불러서 뒤늦게 연수 받는 사람들도 많다고 덧붙였다. 만난 지 두 시간밖에 안 됐는데 멋대로 내 자녀 계획까지 세우는 무례함에 초반에 가졌던 신뢰와 호감이 급격히 하락했다. 더 불만인 것은 오늘의 연수 시간이 한 시간밖에 남지 않은 상태라는 것이었다. 출퇴근하려고 연수를 받는 것인데 계속 엉뚱한 길만 다니고 있었다. 내가 다시 물었다.

"저, 아까도 말씀드렸지만 이제 출퇴근길 연습을 좀 해야 할 것 같은데요."

그녀가 한숨을 내쉬었다.

"아휴, 좀 기다려요. 그건 내가 알아서 해준다니까."

주연 씨는 평생 출퇴근만 할 거냐, 어떤 상황에서도 운전할 줄 알게 연습을 해두면 그건 자동으로 해결된다는 말이 이어졌다. 오늘은 기본기를 다져놓고 내일 출퇴근길을 주행해보면 자연스럽게 할 수 있게 된다는 것이었다. 남은 시간은 오늘 한 시간과 내일 두 시간 반, 총 세 시간 반이었다. 내가 십년 가까이 못한 운전을 앞으로 세 시간 더 연수 받는다고 잘하게 될까. 결국 다섯 시간 더 추가하게 하려고 일부러 내가 원하는 코스는 안 가는 게 아닌가, 하는 의심까지 들었다. 나는 그녀에게 다시 설명했다. 선생님이 여태까지 겪은 학생들 기준으로 판단해서는 절대 안 된다. 나의 경우는 다르다. 나는 일반 사람들보다 훨씬 겁이 많아서 지금부터 빨리 출퇴근 코스를 연습해두어야 한다…… 그녀가 피식 웃음을 터뜨렸다.

"주연 씨 겁 많은 거 아니에요."

나는 황당해서 처음으로 전방에서 시선을 거두고 조수석 쪽으로 고개를 돌렸다.

"그럼요?"

"겁 많은 사람이 어떻게 운전을 이렇게 해. 말이 안 돼."

고개까지 절레절레 젓고 있었다. 그녀가 이어 말했다.

"겁이 많다는 사람이 어떻게 그렇게 액셀을 콱콱, 밟고 핸들을 그렇게 홱홱, 돌리느냔 말이야. 진짜 겁 많은 사람은 그렇게 못해요."

그녀가 틀렸다. 나는 겁나고 무서웠다. 그건 분명했다. 내가 누군가의 앞길을 막고 있을까 봐 두려웠고, 꾸물거리다가 다른 차와 부딪힐까 봐 불안하고 조급했다. 그러니 반사적인 동작이 바쁘고 성급해 보일 수밖에 없었다. 아무것도 모르면서. 나는 내가 제일 잘 안다. 이렇게 기본기만 연습하다가는 절대 자차로 출퇴근할 수 없는 사람이다. 말없이 굳은 내 표정이 신경 쓰였는지 그녀는 내가 원하던 출퇴근 코스를 왕복해보는 것으로 오늘 수업을 마무리하자고 했다. 나는 내비게이션에 오피스 주소를 입력하고 다시 출발했다.

"선생님, 이따가 좌회전인데요, 지금부터 왼쪽으로 붙어야겠죠?"

"네. 슬슬 잘 보고 옮기세요."

그녀가 알려준 대로 왼쪽 깜빡이를 켜고, 사이드미러를 일초, 힐끔 보고, 뒤차가 지붕부터 바퀴까지 온전히 보이는 것을 확인한 뒤, 핸들을 꺾어 좌측 차선을 밟았다. 그 순간, 조수석에서 귀를 파고드는 비명이 터져 나왔다.

"안 돼!"

동시에 뒤차가 날카롭게 경적을 울려대며 옆 차선으로 스쳐 지나갔다. 빠앙— 하는 소리가 끊이지도 않고 한참이나 강도 높게 이어졌다. 마치 나에게 시위하는 듯한 소리였다. 동시에 그녀가 가슴을 쓸어내리며 소리 질렀다.

"주연 씨! 내가 그렇게 미꾸라지처럼 하지 말랬지!"

나는 대체 무슨 일이 벌어진 건지 이해하지 못해 되물었다.

"저, 아직도 제가 뭘 잘못했는지 모르겠어요. 선생님이 시키는 대로 사이드미러 보고 바퀴까지 다 보여서 차선 바꿨는데."

"아이고. 여기는 자동차전용도로잖아요. 고속도로나 마찬가지로 차가 쌩, 쌩, 달리는 데란 말이야. 차가 다가오는 속도도 고려해야지!"

그건 배운 적이 없는데 어떻게 알아. 나는 억울한 마음이 되었다.

수업이 끝나고 차를 아파트 지하주차장에 주차한 뒤, 택시를 불러 출근했다. 일하는 내내 새벽의 연수가 시간 낭비였다는 생각에서 벗어날 수 없었다. 두 시간 반 동안 많이 극복한 줄 알았는데 마지막 미꾸라지 사건 때문에 다시 원점으로 돌아온 것 같았다. 구 년 전 운전전문학원에 처음 등록했을 때, 그 시절 그대로. 아무것도 나아진 게 없었다.

운전전문학원의 바랜 개나리색 차, 그 구질구질한 시트에 앉기만 하면 나는 처음 겪는 세계에 홀로 내던져진 아이처럼 초조해졌다. 원래 가지고 있던 상식적인 생활 감각이 강제로 리셋되는 느낌이었다. 나는 액셀을 너무 밟거나 덜 밟았고, 비상등과 깜빡이 켜는 타이밍을 매번 놓치고, 후방주차를 하겠다고 핸들을 바쁘게 돌리면서 후진과 전진을 반복했지만 결국 똑같은 궤적만 몇 번이고 왔다 갔다 했다. 기어를 R에 놓는 순간부터는 머릿속이 더 복잡해져서 그랬다. 나는 머릿속에서 차의 이미지를 반전시켰다가 다시 반전시키기를 반복하다 어느 게 원본인지 알 수 없는 상태로 액셀을 또, 지나치게 세게 밟고, 주차선 뒤편 화단에 한쪽 뒷바퀴를 걸친 채로 강사한테 혼이 났다. 이런 실수를 반복하는 사람은 학원 전체에 나밖에 없는 것 같았고, 그런 주제에 도로에 나가야 한다는 사실이 두려웠다. 운전대를 잡은 나, 그러니까 액셀과 브레이크를 순간 헷갈리거나, 깜빡이를 깜빡한 채로 차선을 바꾸거나, 좌회전하면서 중앙선 왼쪽으로 진입해 역주행하는 나 때문에 도로의 약속된 질서가 망가지고 모든 게 박살 날 것만 같았다. 어렵게 면허증을 손에 쥔 뒤에 몇 번은 도로에 나가봤지만 동승자 없이 운전해본 적은 단 한 번도 없었다. 핸들만 잡으면 늘 사고와 충돌, 그로 인한 교통 혹은 신체의 마비, 죽음에 대해 떠올렸다. 아무리 연습해도 이제 혼자 운전을 해봐야겠다는 결심보다는, 이렇게 스트레스 받으면서까지 운전을 해야 할 필요가 있을까, 하는 회의만 들었다.

그날 밤에는 잠이 잘 오지 않았다. 눈을 감으면 아찔한 순간들이 반복 재생되었다. 실격, 시동 끄고, 내리세요, 미꾸라지처럼, 하지 말랬지, 자동차전용도로잖아, 차들이 쌩, 쌩, 차들이 쌩, 쌩, 차들이 쌩, 쌩, 쌩, 쌩……

어둠 속에서 모로 누운 채로 휴대폰을 켜고 '운전공포증'을 검색했다. 그중 '운전공포증 극복하기'라는 제목의 웹 문서를 눌러 들어갔다. 첫번째 챕터인 '긴장 완화 연습하기'를 훑었다.

먼저 차내에 좋아하는 것을 놓기. 좋아하는 인형, 좋아하는 향수, 좋아하는 사람의 사진을 놓는다. 다음은 복식호흡 하기. 천천히 코로 숨을 들이마셔 공기가 폐의 아래쪽까지 들어차게 한다. 배가 빵빵하게 부풀어 오를 때까지 들이마셨다가 숨을 삼 초간 참는다. 열부터 거꾸로 세며 서서히 숨을 내쉰다. 똑같은 호흡을 열 번 반복한다……

두번째 챕터는 '긍정적인 확언하기'였다.

나는 조심스럽게 안전운행 중이며 과속하지 않는다. 운전은 매일의 일상적인 일이다. 나는 이 일에 참여한 주의 깊고 조심성 밝은 운전자다. 반드시 빨리 가지 않아도 된다. 다른 차보다 느리게 가기 위한 오른쪽 차선이 준비되어 있다. 잘못된 길로 들어왔더라도 위험하게 차선을 옮길 필요는 없다. 분기점을 지나쳤다면 안전하게 우회하면 된다. 불편감을 느끼면 갓길에 차를 세우고 안정을 취할 수 있다. 나는 나의 공포감을 통제할 수 있다. 비슷한 증상을 겪는 사람들을 위한 지원 단체에 언제든 가입할 수 있다…… '긍정적인 확언하기' 챕터는 이렇게 끝나 있었다.

'혼자가 아니라는 사실을 아는 것만으로도 공포를 극복하는 데 도움이 된다.'

운전처럼 누구나 다 하는 일을 무서워하는 사람이 나 말고도 어딘가에는 존재한다는 사실을 확인하자 도저히 못할 것 같던 마음이 정말로 열어지는 것 같았다.

거기서 끝났으면 좋았을 텐데.

나는 다시 검색창으로 돌아와 결국은 '교통사고'를 검색해 버리고 말았다. 사람들은 매일 다양한 이유로 도로에서 죽고 있었다. 나는, 이제는, 죽고 싶지 않았다. 살면서 이렇게까지 죽고 싶지 않은 적은 처음이었다. 죽음을 떠올리면 왜 하필 지금? 이라는 생각이 들었다. 내 인생 내 마음에 든 지 고작 이삼 년밖에 안 됐는데, 지금은 안 돼. 이제 와서 죽기는 싫어. 그 순간 누군가가 "주연아, 운전 같은 거 정 하기 싫으면 안 해도 돼"라고 말해주기를 간절히 바랐다. "됐다, 됐어. 그렇게 하기 싫으면 그냥 하지를 마"라고 비난조로 말해도 상관없었다. 하지만 아무도 그렇게 이야기해주지 않았다. 아무도 하지 말라고 이야기해주지 않았다.

*

다음 날 만난 그녀의 손에 하얀 종이 한 장이 들려 있었다. 글자 크기를 하나만 더 올렸어도 '초'만 남고 '보'는 다음 페이지로 넘어갔겠구나, 싶을 정도로 꽉 찬 궁서체로 '초보'라고 적힌 A4 용지였다. 글씨가 너무 커서 아연해졌다. 그녀가 내 표정을 보고 물었다.

"왜요, 주연 씨. 창피해요?"

"아니요, 꼭 그런 건 아닌데……"

"비싼 외제차에 이런 거 붙이기 싫지?"

응, 붙이기 싫다. 그녀가 내 속을 읽었는지 눈을 흘겼다.

"무슨 무슨 아우디가 주연 씨 지켜주는 줄 알아요?"

그녀가 이어 말했다.

"이게 주연씨 지켜주는 거야."

그러면서 손에 들린 A4 용지를 팔락팔락 소리가 나도록 세차게 흔들었다.

'초보운전'도 아닌 그냥 '초보'. 그 두 글자의 힘인지 정말 도로가 한결 친절해진 느낌이었다. 실수하거나 꾸물거려도 경적이 전날만큼은 울리지 않았다. 내가 먼저 입을 열었다.

"저거 붙이니까 정말 빵빵거리지 않네요."

"그치? 근데 그건 주연 씨가 어제보다 오늘 더 낫기 때문인 것도 좀 있어요."

칭찬까지 받으니 자신감이 붙었다. 처음으로 출근길 코스를 무리 없이 성공했다. 그녀가 우쭐대듯 말했다.

"거봐요. 어제 기본기 연습해두면 출근길은 아무것도 아니랬지?"

이번에는 주차 연습을 하기 위해 오피스의 지하주차장 진입로로 들어갔다. 그러자 다시 그녀의 금색 봉이 바빠지기 시작했다.

"브레이크 살살 좀 밟아", "어허허, 왼쪽 너무 붙었다", "아니지, 오른쪽으로 너무 붙었다", "방향 잡히면 그대로 쭉 가라고. 핸들 많이 돌릴 필요 없어요."

머리로는 분명 이해했는데 손과 발이 말을 듣지 않았다. 어깨에 잔뜩 힘을 준 채로, 양쪽 벽에 부딪힐 위기를 몇 번이나 넘기며 한참을 빙글빙글 돌다보니 속까지 메스꺼워졌다. 지하 오층에 도착하자 그녀가 투덜거렸다.

"여기는 주차장 들어가는 길이 너무 좁네. 별로다 별로."

차가 한 대도 없는 새벽의 지하주차장에서 좌측 후방주차 수업이 시작되었다. 이 역시 공식과 함께였다.

주차하려는 칸의 바깥 선과 어깨선이 직각으로 닿는 상태에서 시작. 핸들을 우측으로 끝까지 돌리고 전진. 사이드미러 상에서 뒷바퀴가 주차선의 사분의 일을 밟을 때 스톱. 기어를 R로 바꾸고 핸들을 반대 방향으로 끝까지 돌리고 후진. 기어가 R일 때 핸들 방향이 헷갈리는 것은 당연. 처음엔 누구나 헷갈림. 안 헷갈리는 사람이 이상한 것. 그럴 때는 자동차의 궁둥이를 틀고 싶은 방향으로 핸들을 돌린다고 생각하면 쉬움. 마무리는 방지턱에 궁둥이가 걸릴 때까지 천천히 후진하다가 단정하게 정차하면 끝.

공식대로 하니 어려울 것이 없었다. 이어서 우측 후방주차, 전방주차, 평행주차에 차례로 성공했다. 그녀가 말했다.

"잘하는데? 주차는 더 안 해도 되겠어요. 내가 문자 보내줄 테니까 이대로만 하면 돼."

휴대폰을 꺼낸 그녀가 메모장 앱을 켜더니 장문의 글을 전체 복사해서 나에게 전송했다. 그녀의 주차 비법이 짧은 진동음과 함께 순식간에 내 주머니 속으로 도착했다.

그녀는 새 코스를 제안했다. 이 건물은 주차장으로 들어가는 길이 좁기 때문에 좁은 길에서 완급 조절하는 연습을 더 해야 한다면서, 멀지 않은 곳에 자기가 잘 아는 구불구불한 오솔길이 있는데 연습하기에 제격이라고 했다. 그 좁고 울퉁

불퉁한 오솔길을 서너 번만 왔다 갔다 하면 이 주차장쯤이야 아주 쉽게 다닐 수 있을 거라는 말이었다. 그때 내 배에서 꼬르륵 소리가 났다.

"주연 씨, 배고픈가 보네."

"네, 아침을 못 먹어서."

그러다 갑자기 궁금해져서 물었다.

"선생님은 남편 아침밥 차려주고 나오시나요?"

"아니?"

동시에 웃음이 터졌다. 그녀가 여전히 웃음을 입가에 머금은 채로, 버럭 소리쳤다.

"무슨 아침밥 같은 소릴 하고 있어! 내가 이 새벽에 일하러 나오는데 밥을 어떻게 차려?"

우리는 차에서 내려 무언가를 사 먹기로 합의했다. 이른 아침이라 문을 연 가게가 없었지만 걸어서 오 분 거리에 편의점이 있는 것을 운전하는 중에 눈여겨봐두었다. 지하주차장에서 나와 편의점까지 걸으면서, 나는 그녀의 체구가 내 짐작보다 훨씬 더 작다는 사실을 알게 되었다. 앉아 있을 때는 티가 나지 않았는데, 차에서 내려 나란히 걸으니 깜짝 놀랄 정도로 작았다. 발걸음 역시 굉장히 느리다는 사실도 새삼 깨달았다. 아침인데도 햇살이 제법 강해서 빨리 시원한 편의점으로 들어가고 싶던 차에, 그녀가 큰 소리로 날 불렀다.

"아이, 주연 씨! 좀 천천히 가. 발걸음이 왜 이렇게 빨라?"

"제가 그런가요?"

나는 내가 빠른 게 아니라 그녀가 너무 느리다고 느끼고 있었다. 그녀가 바삐 걸으며 말했다.

"주연 씨는 성격이 참 급해." 그리고 이어 말했다. "O형이라 그래."

"네?"

"우리 막내딸도 O형이거든. 승부욕도 강하고, 성격이 아주 급해."

그제야 나는 그녀가 연수 전에 혈액형을 물어본 이유를 알게 되었다. 정말 혈액형으로 성격을 파악하려고 했던 것이다. 그런 걸 진지하게 믿는 사람을 너무 오랜만에 만나서 웃음을 참기 힘들었다. 그녀가 내게 물었다.

"지금 혈액형 믿는 거 바보 같다고 생각했죠?"

"아니요?"

"혹시 오해할까 봐 그러는데, 나도 믿는 건 아냐. 근데 또 이렇게 맞는 건 맞을 때가 있더라고. 신기하죠? 그래서 난 항상 학생들한테 물어봐. 미리 성격을 파악해두면 확실히 수업도 잘되더라고."

그러면서 다시 한 번 덧붙였다.

"믿는 건 아니지만."

나는 혈액형 믿는 게 우습다고 생각한 걸 들키지 않으려고 일부러 고개를 더 크게 끄덕였다. 그렇게 주억거리다보니 어쩐지 그 말도 맞는 것 같다는 생각이 들었다. 나는 O형이고, 성격이 급했다. 어쨌든 그건 부정할 수 없는 사실이었다.

의식적으로 아주 천천히 걸으면서 그녀와 속도를 맞췄다. 우리는 촉촉한 카스텔라와 삼각뿔 모양의 커피우유를 하나씩 사서 다시 오피스 쪽을 향해 느릿느릿 걸었다. 어제보다 맑은 날이었다. 반짝이는 오피스의 유리창에 새파란 하늘과 뭉게구름이 비쳤다. 그녀가 건물을 올려다보며 물었다.

"주연 씨 되게 좋은 회사 다니네?"

이 건물은 내가 다니는 곳이 아니라 이번 프로젝트를 진행할 클라이언트의 오피스였다. 진짜 우리 법인의 본사 건물은 이것보다 훨씬 더 크고 화려했다.

"나쁘지 않은 회사죠."

"주연 씨 같은 여직원들도 많아요?"

잠시 고민했다. 사실 회계사는 남자가 많은 직업이다. 이번 프로젝트도 참여하는 다섯 명 중 여자는 나 하나뿐이었다. 내가 대답했다.

"네."

"오십대도 있어요?"

아까보다 더 더디게 발을 내디디며 헤아렸다. 오십대. 그런 생각은 해본 적도 없었다. 여자 선생님들 중에 오십대가 있었나? 오십대면 전무급인데, 우리 법인에 여자 전무는 한 명도 없었다. 전무가 아닌 상무급을 생각해봤지만 오십대인지는 확신이 서지 않았다. 당장 떠오른 한 명도 오십대는 아니고 사십대였다. 정말, 정말로 단 한 명도 없는 것일까. 내가 대답했다.

"있어요."

"그래요?"

나는 마지막 남은 카스텔라 한 조각을 입에 털어 넣으며 말했다.

"네, 되게 많아요."

걷다보니 다시 지하주차장으로 통하는 엘리베이터 룸에 도착했다. 그녀가 몇시지? 라고 혼잣말하며 휴대폰을 꺼내 측면 버튼을 꾹 눌렀다. 액정 화면이 밝게 빛났다. 슬쩍 내려다보니 메신저 프로필에 걸어둔 그 테니스 소녀의 사진이었다. 금세 불이 꺼졌다. 그녀가 버튼을 다시 눌렀다. 테니스 소녀가 또다시 나타나자 그녀는 엄지손가락으로 액정 화면의 가운데를, 그러니까 머리를 하나로 높게 묶은 까맣게 탄 소녀의 얼굴을 두어 번 문지른 뒤에 다시 주머니에 넣었다. 나는 얼른 시선을 돌려 그걸 안 본 척했다. 그리고 머릿속에 다른 사진을 한 장 그렸다. 테니스 소녀가 커다란 우승컵을 들고 있는 사진이었다. 황금색으로 번쩍번쩍 빛나는 거대한 트로피. 너무 크고 무거워서 소녀 혼자 들지는 못하고 한쪽만 받쳐 들고 있다. 다른 한쪽을 받쳐 든 사람은 선생님이다. 소녀보다 키가 작아서 우승컵이 그녀 쪽으로 한참 기울었지만, 그녀의 미소는 테니스 소녀의 미소보다 더 크고 환하다. 아마 그 장면은 그녀 인생 최고의 순간 중 하나가 될지도 모른다. 나는 그런 중년 여성을 알고 있다.

"내 오십 평생, 오늘이 가장 기쁜 순간이다."

CPA 시험 합격자 발표가 났을 때 엄마가 내게 한 말이었다. 그전에도 엄마의 삼십 평생, 사십 평생에 가장 기쁜 순간들은 나로 인해 만들어졌다. 내가 반에서 일등을 하고, 원하던 대학에 들어가고, 장학금을 받고, 공인회계사 시험에 합격하고, 회계법인에 입사할 때마다, 엄마의 인생에서 가장 기쁜 순간이 차례로 갱신되었다. 나는 그럴 때마다 겨우 이런 일이, 결국은 자신이 아닌 다른 사람의 손끝에서 결정되어버리는 일이, 일생의 가장 기쁜 순간씩이나 되는 그런 삶은 결코 살지 말아야겠다고 다짐하곤 했다. 마지막 남은 커피우유 한 방울과 공기가 동시에 빨대를 통과하는 소리가 그녀와 내 입에서 후루룩, 났다. 이제 그녀가 말한 오솔길 코스를 연습해야 할 차례였다.

얼마간 그녀의 지시에 따라 가다보니 도로 양옆에 플라타너스가 줄지어 서 있는 S자 형태의 커브 길이 나왔다. 핸들을 꽤 능숙하게 꺾으면서, 내가 물었다.

"여기가 아까 말씀하신 그 오솔길이죠?"

그녀는 어처구니가 없다는 듯 대답했다.

"이게 무슨 오솔길이에요. 참 나, 오솔길이 뭔지도 모르는구만."

그러면서 한참을 웃다가 또 한 번 새청맞게 목소리를 높였다.

"아이고, 주연 씨. 여기는 꽃길이다, 꽃길!"

그녀가 말한 오솔길은 십오 분 정도 더 달린 뒤에야 모습을 드러냈다. 초록이 울창한 산로의 초입으로 들어서자, 조금 전 지나온 길은 꽃길이라는 말이 무슨 뜻인지 바로 이해할 수 있었다. 이곳은 비포장도로, 말 그대로 흙길이었기 때문이다. 이 동네에 이런 길이 있었나 싶었는데, 아마 와본 적이 있었어도 차가 다니는 길이라고는 상상 못했을 것 같았다. 자갈들이 타이어에 밟히는 소리가 자근자근 나기 시작했다. 울퉁불퉁한 바닥의 표면이 시트를 거쳐 내 엉덩이와 등에도 고스란히 감각되었다. 지하주차장으로 들어가는 길보다 더 급한 커브 길이 높고 또 낮게, 끝도 없이 이어졌다. 가면 갈수록 더 깊고 우거진 숲이었다. 늦여름 아침 햇살이 키 큰 나무들 사이로 들어와 눈앞에 반짝였고, 창문을 통과해 내 뺨에 닿았다. 나뭇잎이 드리워진 모양에 따라 한쪽 볼이 따뜻해졌다가 서늘해졌다가 했다. 구불구불한 길을 자칫 벗어나면 언덕 아래로 떨어질 수 있는 상황이었는데도, 이상하게 마음이 전에 없이 편안했다. 나는 액셀을 밟았다가 뗐다가, 핸들을 감았다가 풀었다가 하면서 오솔길을 내달렸다.

슬슬, 밟았다가, 슬슬, 뗐다가. 살살, 감았다가, 다시 살살, 풀었다가.

지켜보던 그녀가 입을 열었다.

“이제 완급 조절을 좀 아는 것 같은데?”

그때 갑자기 눈앞이 환해졌다. 우거진 숲길이 끊기면서 순식간에 시야가 탁 트였다. 동시에 왼편에 커다란 호수가 펼쳐지기 시작했다. 호수 너머 반대편까지 가려면 한참이 걸리겠다는 생각이 들 정도로 드넓은 호수였다. 이른 아침의 햇살이 넓고 고요한 수면 위에 찬란하게 부서졌다. 어딘가에서 새가 지저귀는 것 같은 소리가 들렸고 그 소리를 더 크게 듣고 싶어 버튼을 눌러 창문을 내렸는데, 그러면서 조금 놀랐다. 주행 중에 핸들에서 손을 떼고 무언가를 조작한 것은 처음이었다.

액셀을 밟은 발에도 살짝 더 힘을 줬다. 하늘과 구름, 연둣빛 잎사귀들을 머금은 호수가 시야를 가득 채웠다. 그 순간, 나는 운전이 무섭지 않다고 생각했다. 그렇게 느낀 적은 단 한 번도 없었기 때문에 신기한 일이었다. 심지어 전에는 도무지 이해할 수 없었던 드라이브하는 사람들의 마음까지도, 온전히 이해할 수 있을 것만 같았다. 어딘가에 도착하기 위해서가 아니라 그냥 운전이 하고 싶어 핸들을 잡는 사람들의 마음을.

"선생님."

"응?"

"이 길 너무 예뻐요."

그녀가 흐흐, 웃더니 대답했다.

"예쁘죠?"

어느새 내가 멀다고 가늠했던 바로 그 반대편 지점까지 와 있었다. 무리 지은 오리 떼가 호수 위를 천천히 지나갔다.

*

“저, 다섯 시간 추가할게요. 내일 그리고 내일모레까지요.”

오솔길 코스를 지나 다시 아파트 지하주차장까지 온 내가 말했다. 이틀 동안 네 시간 반의 연수를 받고 나니, 이제 그녀가 유능한 강사라는 사실을 의심 없이 받아들일 수 있었다. 그녀와 함께 다섯 시간을 더 연습하고 나면 그때는 정말 혼자서 운전할 수 있을 것 같았다. 당연히 추가 수업을 반길 거라고 예상했지만, 그녀의 반응은 뜻밖이었다.

“싫어요. 나 안 할 거야.”

“아니, 왜요?”

“주연 씨는 이제 곧잘 해. 더 받을 필요가 없어. 충분히 혼자 할 수 있어.”

예상하지 못했던 반응에 조바심이 나기 시작했다.

“아니에요. 좀 더 하고 싶어요. 저 딱 다섯 시간만 더 하고 나면 그땐 진짜로 혼자 할 수 있을 것 같아요.”

“아유, 시끄러워. 잠깐 다리 좀 치워봐봐.”

그녀가 허리를 굽혀 운전석 브레이크 쪽으로 고개를 들이밀었다. 연수봉의 끝과 브레이크를 다시 달그락거리며 분해했다. 그녀의 뒤통수와 등을 내려다보면서, 나는 의아해졌다. 정말 수업 더 안 해주려고 하나? 뭘 믿고 내 실력을 이렇게 과대평가하는 거지? 무엇보다 오늘 수업이 아직 삼십 분이나 더 남았는데? 다시 허리를 펴고 앉은 그녀가 금색 봉과 부품들을 정리하며 말했다.

"나야 수업 더 하면 좋지. 우리 딸 레슨비도 벌고."

조수석의 선바이저를 내린 그녀가 거울을 들여다봤다. 그리고 흐트러진 머리를 정리하면서 이어 말했다.

"근데, 언제까지 연수만 할 거예요? 결국은 혼자 다녀야 하는데."

맞는 말이라 할 말이 없었다. 나는 다섯 시간을 추가하고 나서도 다섯 시간이 지나면 또 다섯 시간을 추가하고 싶어할 것이다. 그녀가 한쪽 옆머리를 동그랗게 빼 내리고 반대쪽 옆머리를 귀에 꽂아 넣었다.

"앞으로 남은 삼십 분은 원격으로 할 거예요."

무슨 말인지 이해하지 못해 그녀를 바라보며 눈만 껌뻑이고 있는데, 그녀가 조수석 문을 열고 차에서 내렸다. 왜, 왜 내리는 거지? 그러면 차에는 나 혼자잖아. 조수석 문이 닫혔다. 너무 놀라서 손가락이 파르르 떨리기 시작했다. 휴대폰의 진동이 길게 울렸다. 눈으로는 이미 조수석 밖에 서 있는 그녀를 올려다보면서 손으로는 휴대폰을 찾으려 가방 속을 더듬거렸다. 그녀가 반쯤 열린 차창에 대고 자기 휴대폰을 흔들면서 말했다.

"내 전화예요. 받아서 스피커폰으로 켜놔. 아까 배운 대로 여기서 회사까지 주연 씨 혼자 가는 거예요. 알겠지?"

내 차 뒤에 바짝 붙어 따라오면서 스피커폰으로 조언을 해주겠다는 거였다. 넓은 차 안에 홀로 남겨진 심장이 빠르게 뛰기 시작했다. 이곳엔 좋아하는 인형도, 좋아하는 향수도, 좋아하는 사람의 사진도 놓여 있지 않았다. 갑자기 숨이 가빠졌다. 나는 숨을 억지로 크게 들이마신 다음 열부터 천천히 세면서 내뱉기 시작했다. 십, 구, 팔, 칠, 육…… 그때 뒤에서 작고 짧게 빵, 하는 경적이 울렸다. 룸미러를 올려다봤다. 그녀의 구형 은색 아반떼가 약속한 대로 바로 뒤에 서 있었다. 스피커폰 모드로 전환한 휴대폰에서 그녀의 목소리가 흘러나왔다.

"나 보이죠? 출발하세요."

브레이크에서 발을 뗐다. 차가 천천히 앞으로 나아가기 시작했다. 조수석에는 아무도 없었고, 그런 일은 처음이었지만, 그 사실에 너무 몰두하지 않게끔 그녀가 스피커폰으로 계속 말을 걸어주었다.

"자, 사람 건너나 안 건너나 확인하시고. 우회전, 천천히, 그렇지."

"다음에 좌회전해야 하니까 기회 될 때마다 일차선으로 바짝바짝 붙으세요. 그렇지."

"우리 차선 지금 말고 다음번에 바꾸자. 이 까만 소나타 지나가면 그때 바꾸자 우리."

애써 진정시킨 호흡을 비집고 불안이 튀어나오려 할 때마다 룸미러를 올려다봤다. 단 한 번도 빼놓지 않고 그녀와 눈이 마주쳤다. 그녀는 어떤 상황에서도 바로 뒤에서 날 주시하고 있었고, 그 사실에 의지해 어느새 꽤 긴 길을 혼자 달려왔다. 그런데…… 잠깐만…… 이 길이 맞나……? 분명히 직진 차선을 그대로 따라가고 있다고 생각했는데, 무슨 일인지 내가 서 있는 곳은 더 이상 직진 차선이 아니었다. 나는 어느새 왼쪽 포켓 차선으로 흘러들어와 있었다. 내 뒤에 붙어 선 그녀를 다급히 불렀다.

"선생님, 어떡해요. 저 잘못 들어온 것 같아요."

"아이고, 그러네."

우측 사이드미러를 들여다봤다. 차들이 끝도 없이 줄지어 서 있었다. 지금 차선을 바꾸지 않으면 한참을 다른 길로 가야 했다. 그 길은 내가 한 번도 가본 적 없는 길이었고, 혼자 주행하기에는 당연히 무리였다. 현기증이 일었다. 핸들이 금세 축축해졌다. 왜 이렇게 땀이 나지? 이러다가 핸들에서 손이 미끄러지면 어떡하지? 심장이 또다시 격렬하게 뛰기 시작했다. 그녀가 또박또박한 어조로 외쳤다.

"내가 뒤에서 막아줄 테니까, 그때 오른쪽으로 차선 하나 옮겨요. 알겠지?"

그녀가 오른쪽 깜빡이를 켜고 옆 차선으로 파고 들어갔다. 신호 대기 중이던 차 여러 대가 동시에 경적을 울려대기 시작했다. 그 차갑고 신경질적인 경적은 내가 아니라 그녀를 향하고 있었다. 신호가 바뀌었다. 스피커폰에서 그녀의 긴박한 목소리가 울려 퍼졌다.

"지금이야, 지금!"

그녀의 아반떼가 포켓 차선과 일차선의 경계를 사선으로

막고 있었다. 나는 그 앞으로 생긴 공간을 재빨리 파고 들어 갔다. 그리고 배운 대로 비상등을 켜서 고마움을 표시했다. 핸들을 잡은 홍건한 손에 힘이 세게 들어갔다. 거치대에 세워 둔 휴대폰에 입을 가까이 가져다대고 말했다.

"고마워요, 선생님."

"어이구, 인사할 정신은 있어? 전방 주시하세요."

스피커폰에서 다시 그녀의 목소리가 연이어 울려 퍼졌다.

"계속 직진. 그렇지."

"잘하고 있어. 잘하고 있어."

* '운전공포증 극복하기'라는 웹 문서는 위키하우(wikiHow)의 'How to Overcome a Driving Phobia'를 참고했다.

수상 후보작

조경란

가정 사정

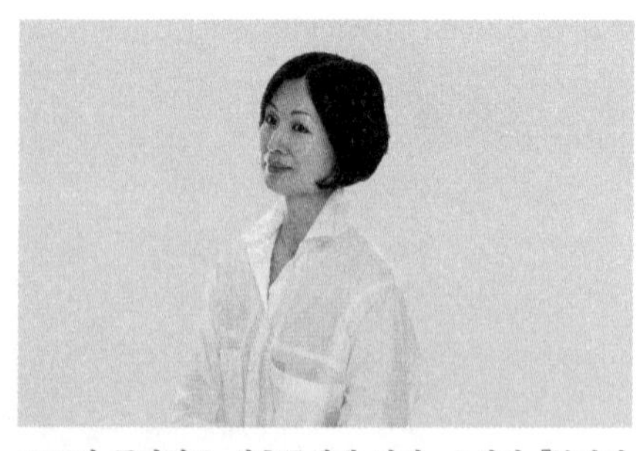

조경란

ⓒ한정구

1996년 동아일보 신춘문예에 당선. 소설집 『불란서 안경원』 『나의 자줏빛 소파』 『코끼리를 찾아서』 『국자 이야기』 『풍선을 샀어』 『일요일의 철학』 『언젠가 떠내려가는 집에서』, 장편소설 『식빵 굽는 시간』 『가족의 기원』 『우리는 만난 적이 있다』 『혀』 『복어』 등을 펴냈다. 문학동네작가상, 현대문학상, 오늘의젊은예술가상, 동인문학상 등을 수상했다.

정미는 카키색 니트의 양쪽 소매를 뜯어냈다. 줄일 만큼의 시접을 초크로 표시해두고 어깨는 가위로 잘라 올이 풀리지 않도록 진동 둘레를 오버로크로 박았다. 늘어난 니트의 어깨를 줄이는 작업이다. 지난여름에 밑단을 살리면서 청바지 길이를 줄이러 가게에 처음 온 손님이 맡긴 옷이었다. 그때 바지 두 벌 수선 값 중 한 벌 가격만 받았다. 여름에 수선 서비스를 해주거나 일이천 원짜리는 공짜로 해주면 손님들은 대개 가을 겨울에 수선할 옷들을 가져오고 그렇게 단골이 되는 경우가 많았다. 정미는 잘라낸 소매 어깨에 일 센티미터 폭도 안 되게 바이어스테이프를 신중히 박음질했다. 실이 좋고 값비싸 보이는 니트였다. 어깨 중심선과 소매산을 진동 둘레에 맞춰 핀을 꽂았다. 이제 재봉틀로 박음질하고 이음 부분을 안쪽에서 다림질해주면 완성된다.

늘어난 걸 줄여도 다시 늘어나고 마는 원단이 니트라고 손님에게 미리 말해줘야 할까. 나중에 항의하러 올 수도 있으니까. 가슴이 조이려고 했다. 모르는 사람의 옷을 만질 때면 늘 그랬고 수선집을 낸 지 십 년 가까이 돼가는 지금도 그랬다. 처음엔 양장(洋裝)이라는 말에 끌려 시작하게 된 일이었다. 옷 수선은 그와 정반대였다. 일단 옷을 자르고 풀어내야 시작이 가능하고 만들었던 순서 거꾸로, 봉제선을 뜯어낸 후 완성할 수 있는 일이다. 정미는 재봉틀의 회전 바퀴를 돌렸다. 이럴 때 엄마라면 옷은 낡고 늘어나고 해지고 유행에 뒤처지게 돼 있는 거라고 말했겠지. 그런 당연한 사실에 필요 이상 마음을 쓰는 게 정미의 단점이라고 담담한 소리로 짚어주었을지도 모른다. 옷이 무서우면 못하는데. 외환위기가 오기 전까지 양장점으로 살림을 꾸려나갔던 엄마가 입버릇처럼 정미에게 했던 말이다. 상황에 따라 정미는 그 말을 바꿔 생각했다. 결혼이 무서우면 못하는데. 엄마가 무서우면 안 되는데.

재봉틀 맞은편 벽에 걸린 커다란 일력을 정미는 빤히 보았다. 달력이 틀릴 때가 있나. 오늘 날짜가 공휴일로 붉게 인쇄돼 있었다. 12월 20일 대통령 선거일. 선거는 예정과 달리 지난 4월에 치러졌다. 오늘은 공휴일도 선거일도 아니었다. 달력에 까만 펜으로 줄을 그었지만 생일이라고 적어놓지는 않았다. 올해 두 번 남은 수요일 중 하루였다. 엄마는 마흔다섯 살이 되는 정미를 보지 못하고 돌아가셨다. 어쩌면 아버지도 마흔여섯 살이 되는 정미를 보지 못하게 될 수도 있다. 그

반대의 경우가 생길지도 알 수 없다. 이런 짐작은 하루를 보내는 데 아무 도움이 안 된다. 안경을 고쳐 쓰고 정미는 다시 재봉틀 바퀴에 손을 올렸다.

오늘 안으로 수선을 마쳐야 할 두껍고 무거운 옷들이 작업대에 쌓여 있었다. 겨울철에는 주로 찢어지거나 불에 탄 자국이 있는 옷들이 대부분이다. 그 외에도 오버로크기, 벽에 걸린 색색의 재봉실, 재단 가위, 다리미, 망치, 커터칼, 펜치, 지퍼나 호크를 한데 모아둔 부자재들이 널려 있다. 집중이 안 되는 이유가 어디에 있는 걸까. 가게 문을 닫고 나서가 아니라 벌써부터 소주 한 컵이 마시고 싶어지는 이유도. 너는 그런 사람이 아니잖아. 정미는 여섯 평 남짓한 공간에서 들리는 소리라고는 재봉틀 돌아가는 소리뿐일까 봐 혼잣말을 툭 내뱉고는 자리에서 일어났다. 이은 양쪽 어깨를 안쪽에서 다림질하고 니트를 뒤집자 형광등 아래로 먼지가 날아올랐다. 옷을 작업대 위에 편편히 폈는데도 왼쪽 어깨선이 오른쪽보다 짧고 그래서 왼쪽 소매가 반대쪽보다 길어 보였다. 오른쪽 소매를 쭉 한번 잡아당겼다가 놓았다. 처음에 어깨선을 자를 때 똑같은 치수로 잘라냈다. 자신이 방금 전에 한 일을 믿어야 한다. 그래도 완성된 옷이 정미 눈에는 짝짝이처럼 보이기만 했다.

관리일지를 책상에 펼쳐두고 윤씨는 자리에서 일어났다. 기재해야 할 특기사항이나 지시사항은 없었다. 오전 일곱시

십분, 퇴근 시간이 지나 있었다. 지난달에 처음 근무를 시작한 신참 경비팀장 최씨는 아직도 정해진 출근 시간 전에 나와야 한다는 관례를 모르는 눈치였다. 윤씨도 다른 일곱 명의 동료들도 최씨에게 이렇다 저렇다 말하지 않았다. 서로 문제를 일으키기엔 좋지 않은 시기였다. 이웃한 오래된 아파트 단지에서 경비원들에게 한꺼번에 해고 통지서를 보낼 거라는 소문이 돌았다. 최저임금 인상을 앞둔 때였다. 이 아파트 입주자 임원회에서도 관리비 인하 문제로 경비원 수를 줄일 거라는 말이 흘러나왔다. 사실일 가능성이 컸다. 올해 초까지만 해도 열 명의 경비원 중 두 명이나 해고되었다. 같은 일을 하는 사람들 사이에서 안 좋은 말이 새나갈 때가 아니었다. 다 같이 고용 불안에 시달리기는 마찬가지였으니까. 윤씨는 맞춘 듯 제시간에 와 입주 주민들의 차량 열쇠들을 챙기는 최씨를 못 미더운 눈으로 바라보다가 경비초소를 나왔다.

지하철역은 정문에서 가깝지만 버릇인 양 후문 쪽으로 돌아갔다. 경비원이 아파트 정문으로 출퇴근하는 모습을 달가워하지 않는 주민들이 있다는 사실을 눈치챈 후부터였다. 경험이 중요한 일이었다. 왜 이래요, 살만큼 사신 분이. 때로 요령이 더 중요할 때가 있지 않습니까? 동료 몇 명이 모여 최씨와 처음 술자리를 가진 날 그가 한 말을 윤씨는 못 들은 척했다. 요령을 부릴 때만 해도 괜찮은 나이일 테고 실제로 최씨는 이제 막 육십을 넘긴 모양이었다. 윤씨는 내년이면 칠십이 되지만 가능한 한 오래 일하고 싶었다. 이런 생각을 하게 될 줄은 몰랐다. 아내가 떠나고 나서 생긴 변화였다. 하루에도 몇 번씩이나 밑도 끝도 없이 가라앉던 기분도 몸을 움직이면 대체로 견딜 만해졌고 그래서인지 직업에 애착이 처음 생겼다. 그러나 아들 생각을 하면 모든 것이 달라졌다.

상점들은 아직 문을 열지 않았고 버스 정거장에도 몇몇 사람들만 눈에 띌 뿐이다. 기습적인 추위가 이어지다가 오랜만에 아침 기온이 영상으로 회복됐지만 공기는 여전히 건조했다. 늦가을부터 가뭄이 이어지고 있었다. 뉴스에서 수위가 낮아진 댐과 저수지들, 자갈밭으로 변한 상수원을 봤다. 크고 작은 산불들과 강수일수가 평년보다 훨씬 적은 수치들도. 바닥을 드러낸 고향의 천(川)이 화면에 나올 때마다 윤씨는 텔레비전을 꺼버렸다. 어렸을 적 고향에서 농사를 짓던 어른들이 가장 무서워하는 재해도 가뭄이었다. 이 도시라고 다를 게 없을 터였다. 아파트 뒤편 야산에서 산불이 일어날까 봐 순찰을 도는 시간도 길어졌다. 누가 시킨 일이 아닌데도 윤씨는 엘리베이터 알림판에다 물 절약을 알리는 공고지를 붙여놓았다.

지하철역으로 가는 길 내내 보지 않을 수 없는 W센터 타워는 555미터나 되는 초고층 건물이었다. 구름 사이로 해가 조금씩 드러나고 타워는 부분적으로 은빛으로 빛나기 시작했다. 십 년 전 공사가 시작될 때부터 완공되고 올봄에 공식 개장을 하는 모습을 윤씨는 지켜봤다. 보는 방향에 따라 가늘고 긴 한 자루 붓처럼, 혹은 도자기를 가느스름하게 만들어놓은 듯 보이기도 했다. 유리로 마감된 타워는 차갑고 화려하게 우뚝 서 있었다. 아들이 입사했던 W센터였다. 면접을 보는 날 윤씨는 어렵게 휴가를 내고 동네 택시 기사의 차를 예약해 함께 갔다. 크면서 말썽 한 번 부린 적 없는 아들이었지만 대기업 입사 시험까지 순탄하게 합격할 줄 몰랐고 그만큼 뿌듯했다. 저 타워를 보기만 해도 가슴에서 흑, 하고 올라오는 흐느낌 같은 걸 억누르느라 걸음을 멈춰야 될 날이 올 줄은 알지 못할 때였다.

역 계단을 내려가는데 휴대전화 진동이 울렸다. 딸은 그 이후로 퇴근 시간에 맞춰 자주 전화를 걸어왔다. 윤씨는 사흘 전 딸의 생일을 기억하고도 전화하지 않았다. 앞으로 남은 시간 동안 할 수 있다면 딸하고도 더 멀어지고 싶었다. 좋은 아버지가 되지도 못했고 그러기도 늦었으며 지금으로서는 딸이나 자신이나 각자의 인생을 사는 것만으로도 벅찰 테니까. 조명 때문인지 한순간에 시야가 어두컴컴해지는 듯했다. 앞으로 스물네 시간 동안 쉴 수 있었다. 온전히 나 자신을 위해서만 쓰리라. 윤씨는 다리에 힘을 주고 계단을 마저 내려간다.

12월 마지막 주 일요일에 정미는 아버지 집으로 갔다. 자주 가지 않던 집이었고 버스를 두 번이나 갈아타야 하는데도 어느새 밑반찬을 만들어 영업을 쉬는 일요일마다 가서 아버지와 저녁을 먹고 냉장고 정리를 마치고 집으로 돌아오는 게 습관이 됐다. 달라진 건 아버지도 마찬가지였다. 부엌살림에 관해서라면 엄마가 살아 있을 때 아버지는 밥통의 밥이 다 되면 주걱으로 한 번 저어줘야 떡처럼 뭉치지 않는다는 기본도 몰랐던 사람이다. 지금은 흑미, 현미를 적절하게 섞어 밥도 짓고 어묵에 고춧가루를 넣고 볶아서 가끔 도시락도 싸갖고 다닌다. 냉장고에 달걀, 양배추, 애호박 같은 식재료가 늘 준비돼 있고 냉동실에는 시판 사골국이 떨어지지 않는다. 잘 아는 것 같다가도 남자들은 때때로 예상치 못한 모습을 보여줄 때가 있고 아버지도 그랬다. 정미가 보기에 아버지는 예전보다 더 청결에 신경 쓰고 건강식에 관심을 갖고 말도 많아진 듯싶었다. 그게 그 사고 이후부터인지 담낭 수술 후부터인지 확신할 수는 없지만. 그런데도 걸음걸이는 눈에 띄게 느려지고 집에서는 어떤 것을 햇볕에 충분히 말리지 않았을 때 나는 냄새가 난다는 걸 아버지는 모른다.

정미는 집에서 삶아온 새꼬막을 무치고 대구탕을 끓였다. 떡국을 끓일까 싶었지만 아버지는 동료들과 먹기로 했다고 달가워하지 않았다. 아버지가 식탁으로 술 한 병을 가져왔다. 둘이 반주로 마시던 보통 소주가 아니었다. 요즘은 드물어졌지만 명절이나 연말에 아버지는 종종 아파트 주민들에게서 선물을 받아 오기도 했다. 누가 주신 거예요? 내가 샀다, 마지막 날 아니냐. 오늘 같은 날은 좀 괜찮은 거 마셔도 좋겠지. 정미는 문득 아버지 얼굴을 봤다. 전보다 자주 만나도 낯설기만 해지는. 고급스러워 보이는 사각 병에 담긴 소주를 아버지가 유리잔에 삼분의 일쯤 따르곤 얼음을 찾았다. 여느 때처럼 맥주잔에 반 컵씩 따라 마시고 싶었지만 정미는 아버지가 시키는 대로 했다. 돌아보면 아버지와는 다툴 일도 없었다. 아버지는 자식들과 그럴 일을 만들지 않았고 집에서 벌어지는 중요한 순간마다 평생 자리를 피했다. 여상을 졸업하고 엄마 양장점에서 일을 배운 적도 있지만 정미도 일찌감치 집을 떠났다고 믿었다.

얼음과 증류주 그리고 일요일 저녁. 조용한 대화와 갓 지은 밥 냄새. 이런 적은 없었다. 그것도 이 집에서 아버지와. 저녁 식사 자리를 만들거나 동네 외식 기회를 만들었던 사람은 늘 동생이었다. 그때마다 정미는 자신의 가족을 누가 먼 데서 본다면 한 차양 밑에 모여 서로 무심히 다른 쪽을 바라보는 사람들 같아 보일 거라고 단정하곤 했다. 그런데도 때때로 어떤 일 앞에서는 그 차양으로 모여들 수밖에 없는 날들이 생겼다. 정미는 새꼬막과 시장 반찬집에서 사온 백김치에만 젓가락을 가져가는 아버지에게 혹시 드시고 싶은 게 있냐고 물었다. 날이 추워지니까 가끔은 갈치섞박지가 먹고 싶을 때도 있긴 하지. 겸연쩍다는 듯 아버지가 말했다. 정미가 어렸을 적부터 엄마가 고향에서 먹던 김치를 김장철마다 담갔고 겨울밤이면 갈치섞박지에 미지근하게 데운 막걸리를 마시는 게 아버지 낙이었다. 저도 담글 줄은 알아요, 아버지. 괜찮다, 뭐 혼자 얼마나 먹겠다고. 정미는 대구탕 그릇을 아버지 쪽으로 밀었다. 김장철은 지났다. 지난 11월 말에 배추와 무 값이 폭등한 탓도 있었지만 혼자서 김장을 담그겠다는 생각은 해보지 못했다. 이제 그걸 먹을 사람도 없으니까.

라디오 제가 하나 가져갈게요, 가게에 있는 게 고장 나서요. 윤씨는 고개를 끄덕이며 말했다. 이따가 불꽃놀이를 한다고 하더라. 어디서요? W센터 타워에서. 정미는 잠깐 긴장했다. 아버지가 또 동생 이야기를 하려는 걸까. 술병을 들어 아버지와 자신의 잔에 술을 따랐다. 새해맞이라나, 아파트 근처까지 교통이 꽤 복잡해질 거야. 오늘이 쉬는 날이라서 다행인 듯한 소리였다. 동생이 W센터 타워에서 근무하지는 않았지만 같은 계열사였다. 아버지는 동생이 입사했을 때 동료 경비원들에게 아직 공사 중인 그 고층 타워가 잘 보이는 식당에서 크게 한턱을 냈다고 들었다. 텔레비전에서 보여줄까? 자정이면 대개 보신각종 치는 모습을 보여주잖아요. 오늘 근무였으면 경비실 앞에서도 볼 수 있었을 텐데…… 일 힘들지 않으세요? 매일 나갈 데가 있다는 게 어디냐. 곧 정년이시잖아요. 호적엔 내년에 일흔으로 돼 있으니까. 원하셨던 대로 낚시나 슬슬 다니시면 되겠네요. 글쎄다, 촉탁 계약이 가능해서 근무가 연장되면 좋겠지.

아버지가 일을 좋아한 적이 있었나. 정미는 빈 밥공기를 들고 자리에서 일어나 개수대 물을 세게 틀었다. 일요일마다 모르는, 이제 알아가야 할 아버지와 저녁을 먹는 사람. 정미는 손바닥만 한 주방 창에 비친 자신의 까맣고 쪼그라든 얼굴을 흘긋 보았다. 언제부터인가 혼자가 되었다. 일찍 집을 나온 후로 몇 번인가 동거를 했고 엄마는 그 점을 내내 문제 삼았다. 식도 올리지 않고 혼인신고도 하지 않는 걸 마치 사랑에 눈이 멀어 도덕마저 잊어버린 여자인 듯 몰아세웠으니까. 누군가와 만났다가 헤어지는 경우가 나은지도 몰랐다. 가족과는 그럴 수 없으니까.

언제부터인가 정욱은 가족 여행 이야기를 꺼냈고 부모를 모시고 갈 만한 장소를 알아보았다. 난 빼주는 거다. 정미는 처음부터 못을 박았다. 나이가 열세 살이나 차이가 나서 그런지 정욱은 어렸을 적부터 정미 말이라면 순순히 수긍하고 지나갔다. 아니 가족 모두에게 그랬다. 엄마가 서른세 살 때 나은 아이였다. 정미가 초등학교 졸업을 앞두고 있던 때. 엄마 말대로라면 인생을 처음부터 다시 시작하고 싶다고, 그럴 자신도 있던 적절한 시기라고 느끼던 때 생긴 애가 정욱이었다고. 그 말은 곧이곧대로 들어도 좋았을 것이다. 정미에게 그 말은 꼭 아무것도 모르던 스물에 자신을 출산한 일을 포함해 그 이전의 인생은 다 지워버리고 싶다는 의미같이 들렸고 어쩌면 그 불가능함이 자신과 엄마 사이에 늘 끼어들었던 문제라고 여기게 만들었다. 자연스러운 남매 관계에 대해서도 모르지만 정욱과도 그렇게 되긴 어려웠다. 누나가 아니라 이모나 작은엄마 같다고 느낀 사람이 바로 정미 자신이었으니까.

누나, 베트남은 어떨까, 제주도가 나을까? 정욱은 정미에게 자주 메시지를 보내고 가게에 들렀다. 갑자기 부모님과 여행은 왜? 라고 물었을 때 정욱은 정미를 보지 않고 말했다. 드릴 말씀이 있어서. 만나는 사람이 있다고는 했다. 어떤 사람이냐고 물었을 때, 정욱 얼굴로 지나가던 홍조를 정미는 부러운 눈으로 봤다. 사랑을 알아가는 서른두 살 동생의 표정을. 살고 싶은 사람을 만났어, 누나. 그래, 정미는 고개를 끄덕거렸다. 정욱은 부모에게 이제 독립을 하겠다는 이야기를 꺼내려는 모양이었다. 아들이 전부라고 여기며 살던 엄마가 어떤 반응을 보일지 예상할 수 없었고 그러고 싶지도 않았다. 뭘 그렇게 먼 데까지 가서, 그냥 집에서 얘기하지. 정미는 만류하고 싶었다. 정욱의 노력을 엄마는 물거품으로 만들 게 뻔했으니까. 멋진 풍경 속에서라면 엄마도 날 이해해주지 않을까. 정욱은 기대를 버리지 않았다. 만나는 사람이 동성이라는 사실을 누나가 눈치채고 있다는 것도, 그 얼마 후의 앞날도 모르고.

아버지는 깊이 잠든 듯했다. 아버지가 늙었다는 사실을 정미는 욕실에서 처음 깨달았다. 바닥 타일 줄눈 사이에 낀 곰팡이를 아버지는 더 이상 알아보지 못했다. 빡빡한 솔로 욕실 곰팡이를 문질러 닦은 후 앞치마를 벗고 소파에 앉아 리모컨을 눌렀다. 술은 이제 그것만 마시는 거다, 누나. 정미는 정욱의 다정한 목소리를 흉내 내며 잔에 따랐다. 화면마다 반짝이는 옷을 입은 배우와 가수들이 보였고 상을 주고받고 꽃다발과 박수와 갈채와 감사의 말이 넘쳤다. 정미는 텔레비전을 끄고 엄마와 정욱이 앉았던 소파에 다리를 뻗고 누웠다. 저녁 한 끼 차렸을 뿐인데 진흙 속에 들어갔다 나왔을 때처럼 하반신이 무거웠다. 숙성을 오래 시킨 술이라더니 도수가 높은가.

문틈 새로 아버지 코 고는 소리가 들렸다. 그때 그 여행에 아버지까지 같이 떠났더라면 어땠을까. 정미는 두 팔로 몸을 감싸고 돌아누워 말했다. 자정까지만 누워 있자, 불꽃놀이를 보여줄지도 모르니까. 여행 하루 전날 아버지는 오른쪽 갈비뼈 아래쪽에 심한 통증을 느꼈다. 동료 경비원이 응급차를 불렀고 그날 담낭 수술을 받았다. 지체됐다면 패혈증으로 번졌을 거라고 의사는 말했다. 병원에서 정미는 동생과 엄마를 집으로 돌려보냈다. 이틀 후면 퇴원해도 된다니까 걱정하지 말고 두 사람은 여행 다녀오라고. 공항에서 엄마는 정미에게 전화를 걸었다. 비행기랑 호텔 예약비도 아까우니까 정욱이랑 잘 다녀올게. 얘, 남들처럼 우리도 가족 여행 갈 뻔했는데.

역에서 아파트 출구 방면으로 나왔을 때 윤씨는 뭔가 잘못됐다고 느꼈다. 헐벗은 가로수 밑과 인도 가장자리마다 종잇조각들이 녹다 만 눈처럼 쌓였고 아파트 단지 쪽으로도 길게 이어져 있었다. 누군가 잘게 자른 흰 종잇조각들을 거리에 쏟아부어놓은 듯했다. 윤씨는 비닐봉지를 든 채 단지 쪽으로 걸었다. 새해 첫날 아침의 출근을 축하라도 하듯 누가 일부러 뿌려놓은 듯한 종잇조각들. 그렇게 보였다면 아침에 잠자리에서 일어났을 때처럼 마음이 덜 무거웠을지 모른다. 종잇조각들은 거리의 흙먼지와 섞여 잿빛으로 변하다시피 했고 걸을 때마다 가볍게 공중으로 후르르 떴다가 다른 데로 흩어져버렸다. 누가 이런 짓을 했는지, 원. 윤씨는 다시 기분이 나아졌으면 해서 비닐봉지를 흔들며 걸었다. 짧은 점심시간에 난로와 양은냄비가 있는 경비초소에서 떡국 한 그릇 끓여 먹으려고 챙겨온 떡과 사골 팩이 든.

아파트 후문 안쪽에서 최씨가 싸리비로 바닥을 쓸고 있었다. 가슴이 덜컥 내려앉는 기분이었다. 자기 퇴근 시간 십오 분 전부터 관리소에서 지급해준 방한복을 사복으로 갈아입고는 곧 문을 열고 뛰쳐나갈 듯 초소 안을 서성거리는 사람인데. 저 지저분하게 날리고 쌓여 있는 종잇조각들이 오늘 자신과 무관한 일이 돼버리기는 틀린 모양이었다. 최씨는 방한복 소매로 이마를 문지르곤 윤씨에게 주민들 출근 시간 전에 아파트 단지 내에 널린 종잇조각부터 치워야 할 것 같다고 퉁명스럽게 말했다. 윤씨는 무슨 일이냐고 물었다. 어젯밤 일 모르시죠? 최씨는 팔을 뻗어 W센터 타워를 가리켰다. 참, 새해맞이 불꽃놀이를 한다고 했는데. 혹시 텔레비전에서 중계를 해주면 깨워달라고 딸에게 일러두고 잠이 들어버렸다. 저기서 불꽃이랑 같이 종이 꽃가루도 터트렸답니다, 십 분 동안이나요. 그게 우리 단지까지 날아왔단 말입니까? 윤씨는 못 믿겠다는 표정으로 새삼 고층 타워를 올려다봤다. 타워에서 아파트 단지까지 사 킬로미터도 넘게 떨어져 있을 텐데. 난들 알겠어요, 우리만 고단하게 생겼습니다그려. 경비초소까지 가는 쪽에도 온통 종이 꽃가루들이 널려 있었다. 그러니까 이게 다 어젯밤 축제 때 뿌린 꽃가루란 말이에요? 윤씨는 종이 꽃가루가 아니라 쓰레기, 그것도 작고 얇고 가벼워서 풀풀 날리는 골치 아픈 쓰레기처럼만 보였고 그렇다는 걸 감추고 싶지도 않아서 그만 언성을 높이고 말았다. 경비초소 앞에서 최씨가 빗자루를 건넸다. 민원 들어오기 전에 빨리 쓰셔야겠어요, 그럼 수고하십쇼.

평일이라면 정신없이 바쁜 아침 시간이었다. 출근할 주민들 자동차들을 빼기 쉽게 정리해야 하고 한바탕 그 일을 마치고 나면 택배 화물차들이 몰려올 시간이 된다. 오늘이 연휴라 한꺼번에 출근할 차량이 없고 택배 차들이 오지 않는 것만 해도 다행이었다. 윤씨는 다른 라인의 경비원들과 아파트 단지 곳곳에 쌓인 종잇조각들을 쓸어내기 시작했다. 종잇조각만 쓸어내는 일은 불가능했다. 바싹 마른 가로수 이파리들에 담배꽁초 등 각종 쓰레기가 섞여서 대용량 봉투에 쓸어 담은 부피가 애드벌룬만 해지는 것 같았다. 쓰레기로 채워진 애드벌룬이라니. 윤씨는 적절치 못한 자신의 상상에, 점심은커녕 벌써 오후 세시가 돼가도록 물 한 잔 마실 틈을 내지도 못한다는 사실에, 계획한 대로 하루를 보낼 수 없는 데 대해 화가 나려고 했다. 건조한 바람이 계속 불어왔고 그럴 때마다 쓸어낸 노고를 비웃기라도 하듯 종잇조각들이 흩어져 날렸다. 허리가 끊어질 듯 아팠다. 허공에서 종이 몇 개가 나비처럼 날았다. 윤씨는 허리를 펴고 종잇조각이 날아오는 방향 쪽으로 황망히 몸을 돌렸다. 아…… 윤씨는 고개를 높이 든 채 저도 모르게 입을 벌리고 말았다. 일부러 누가 날리기라도 하는 양 아파트 옥상에서부터 종잇조각들이 떨어져 내리고 있었다.

아파트 십사층 옥상 바닥 가장자리마다 쌓인 꽃종이들이 짐작보다 훨씬 양이 많은 데, 그리고 그 짐작이 틀리지 않는 데 윤씨는 놀라고 실망했다. 들고 올라온 빗자루와 쓰레기봉투 하나만으로는 어림도 없어 보였다. 윤씨는 옥상 가장자리에 서서 열 동도 넘는 단지들을 내려다보았다. 거리 때문인지 종이 꽃가루들은 군데군데 아직 녹지 않은 눈 더미 같아 보였고 그것은 사실 쓰레기보다는 여전히 어떤 흔적, 한때 사람들을 환호하게 만들었던 결정체로 보이기도 했다. 가까이서 보면 달라도 너무 달랐지만. 윤씨는 옥상에서 W센터 타워와 아파트 단지와 호수와 구(區) 일대를 둘러보았다. 바람이 불 때마다 우르르 몰려다니다가 간간히, 그러나 끊임없이 허공으로 날아가버리는 옥상의 쓰레기들도. 윤씨는 뭔가를 알아버린 듯 고개를 주억거렸다. 어젯밤에 분 바람은 남서풍이었을 것이다. 게다가 꽃종이를 발사한 곳은 고층이 아닌가. 얼핏 헤아려봐도 고도 이삼백 미터쯤 되는. 그 바람과 그 고도에서 불꽃과 함께 쏘아 올려진 종잇조각들은 멀리, 생각보다 먼 데까지 날아갔을 거였다. 그저 내 집 앞을, 단지를 쓸어내는 정도만으로 끝나지 않을 일이 분명해 보였다.

윤씨는 옥상 바닥에 앉아 방한복 양쪽 주머니에 넣어 온 초코파이 두 개를 한꺼번에 뜯었다. 배가 고픈지도 몰랐지만 이제 옥상을 내려가면 내일 아침 퇴근 시간까지 단 일 분도 쉴 수 없게 될 게 뻔했다. 아침에 지하철역을 빠져나올 때부터 들었던 예감이었고 적어도 오늘은 틀릴 것 같지도 않았다. 물이라도 한 병 챙겨 올 걸 그랬다고 윤씨는 멘 목을 큼큼거리며 생각했다. 불꽃놀이는 아름다웠을까? 요의를 느껴 일어났을 땐 새벽 한시가 넘었고 소파에 돌아누운 채 앓는 소리 같은 숨소리를 내며 잠든 딸의 익숙한 뒷모습 때문에 윤씨는 한참을 그대로 서 있을 수밖에 없었다. 딸은 아내를 닮아서 그런지 중학교 입학 후로는 키가 더 이상 자라지 않았다. 평균 키보다 십여 센티미터나 모자라는 딸은 서른이 넘고 마흔이 넘을 때마다 거기서도 한 뼘씩 줄어드는 것처럼 보였다. 윤씨가 보기에 딸은 번듯한 사내를 데리고 온 적도 없었고 사랑받으며 살아본 적도 없었다. 딸 또래의 입주자들이 남편과 자식들을 앞세우고 지나다닐 때마다 윤씨는 고개를 돌리곤 했다. 아내와는 어쩌다 서로 어린 나이에 같이 살게 됐고 애가 생겼고 결혼을 했고 자식들이 커가는 걸 지켜보는 데만 해도 반평생이 흘러버렸다. 윤씨는 아내가 죽고 나서야 자신이 좋은 남편이 아니었을지도 모른다는 생각이 들었다. 결혼 생활에서 지켜야 할 선을 위반한 적이 없었다는 것과는 다른 문제였다. 그런데도 아내는 죽으면서 자신을 변화시켰고 그 변화 때문에 윤씨는 앞으로의 날들에 지금껏 알아보지 못한 남은 활기 같은 게 있을지도 모른다는 기대를 갖게 됐다. 아내와 아들에게 벌어진 일에 대해선 떠올리기는 해도 입 밖으로는 꺼낼 수 없었다. 안 봐야 하는 인생의 한 구덩이를 본 느낌이 들었고 아직은 아무것도 깊이 묻어두기 어려웠다. 윤씨는 화장실로 들어가 여느 때와 달리 문부터 잠갔다. 그렇게 하면 딸이랑 둘이 있을 때마다 느껴지는 무거운 마음을 잊을 수 있다는 듯이.

밍크나 가죽 같은 특수 원단의 옷보다 양복이나 숙녀복 상하의를 줄이는 일감이 더 많이 들어오는 동네였다. 이삼 년 전부터는 등산 바지 수선과 오래 입은 점퍼 깃과 지퍼를 교체하는 일도 늘었다. 시간이 걸리는 옷 수선부터 해나가는 게 마음이 편했다. 견장이 여러 개 달린 트렌치코트의 품을 줄인다거나 절개가 복잡한 재킷의 어깨를 줄이는 일 같은. 수선을 마친 옷들을 옷걸이에 걸어두고 정미는 라디오를 틀었다. 벌써 오후 세시였다. 천변에 나가려면 늦어도 한 시간 후에는 출발해야 어두워지기 전에 돌아올 수 있다. 찢어진 청바지 한 장을 누비고 생선가게 주인이 맡긴 추리닝 소매 길이만 줄이면 오늘은 일을 마쳐도 된다. 이미 낡을 대로 낡아 옷감이 맨들맨들해진 상태였지만 정미는 말없이 추리닝을 받아들었다. 시장통에서 현금을 가장 많이 보유한 상인이라는 소문과 상관없이 정미에게는 일감을 자주 갖고 오는 단골손님이었다. 조르개, 혹은 시보리라고 부르는 추리닝 소매는 완전히 낡아 새것으로 교체하지 않으면 안 돼 보였다. 잘라낼 부분을 표시해놓고 핀으로 고정했다.

분실하기 쉬운 단추, 지퍼, 고리를 모아놓은 부자재 정리함 밑에서 정미는 상자 하나를 꺼냈다. 점퍼나 추리닝 수선에 필요한 조르개는 원단 소매시장에서도 몇 개씩 낱개로 구하기 힘들었다. 가족들이나 아는 사람들에게 말해뒀다가 버리거나 입지 않는 티 같은 옷을 구해 잘라두고 쓴다. 상자에 흰색 초록색 줄무늬 조르개와 군청색 조르개 두 짝이 들어 있었다…… 군청색 조르개를, 정미는 만지작거렸다. 질이 좋은 두툼한 면으로 만들어진 후드티 소매 끝에서 잘라낸 조르개다. 정욱이 일 년간 교환학생으로 가 있던 도시의 대학 매점에서 사 입었다는 티였고 가슴팍에 노란색으로 학교 이니셜이 새겨진. 아버지가 엄마와 정욱의 방을 정리해야 하지 않겠느냐고 말을 꺼냈을 때 정미는 못 들은 척했다. 아버지 집 소파에서 텔레비전을 보고 있거나 무심코 누웠다 잠에서 깨어났을 때, 누구도 그 죽음에 관여하진 않았지만 어딘가 모르게 꼭 그런 것만은 아닐지도 모른다는 희미한 불안이 느껴지곤 했다. 이렇게 살아 있어서인가. 정미는 주파수를 휙 돌렸다. 템포가 빠른 노래가 흘러나왔다. 아직 하루가 끝나려면 반나절도 더 남았고 그 시간만큼 정신을 똑바로 차리고 있어도 모자랐다. 정미는 다시 작업실 의자에 완강히 몸을 붙이고 앉는 것으로 그 불안을 실밥처럼 떼어내곤 줄무늬 시보리를 잘라낸 손님의 추리닝 소매에 한쪽씩 박음질하기 시작했다. 옷 말고도 수선이 필요한 데는 많았고 지금은 그런 생각에 빠지기에 적절한 때가 아니다.

가게 문을 잠그려는데 대문에서 나오는 옆집 주인여자와 마주쳤다. 손에 패딩을 들고 있었다. 골목에다 누가 이런 걸 그려놨나 몰라요. 옆집 여자가 동네 애들이 분필로 그려놓은 사방치기 선을 털 슬리퍼 뒤축으로 문지르며 말했다. 주춤거리다가 정미는 그 옆의 배수로를 덮고 있는 담배꽁초와 비닐들, 그리고 크기가 일정한 작고 흰 종잇조각들을 되는대로 주워 한쪽으로 모아두었다. 몇 해 전 여름인가, 집중호우가 쏟아졌을 때 이 골목에도 큰 물난리가 날 뻔했다. 배수로를 막고 있던 쓰레기가 원인이었다. 나중에 제가 치울게요. 정미는 여자가 들어갈 수 있도록 가게 문을 열었다. 옆집 여자만 봐도 위축되는 기분이 든다. 지난달 무스탕 코트 이후, 여자가 다시 옷 수선을 맡기러 올지 몰랐다. 여자는 작업대 위로 옆구리께가 찢긴 신사용 패딩을 펼쳐 보이며 수선이 가능한지 물었다. 겉감과 똑같은 여분의 옷감이 필요한 작업이라 정미는 선뜻 대답하지 못하고 패딩의 이쪽저쪽을 살펴보는 시늉을 했다. 당신 옷은 수선하기 싫다고 말하고 싶었다. 또 실수하게 될 것 같아서. 정미는 해보겠다고 말했다. 이틀 후에 올까요? 안경을 밀어 올리며 정미는 밀린 일이 많아서 일주일 후에 찾으러 오면 좋겠다고 대답했다. 이번엔 틀림없겠죠? 하는 표정으로 옆집 주인은 가게를 나갔다.

지난여름에 오랜 이웃이었던 옆집이 집을 팔고 나갔다. 새 집주인 부부가 골목집을 돌며 세 겹짜리 화장실 휴지 두 팩씩을 돌렸다. 증축을 할 텐데 소음이 나도 양해해달라고. 증축은 늦가을까지 이어졌고 아랫길이자 옆집인 정미는 지하 수선실과 일층 살림집에서 귀마개를 하고 지내야 했다. 인부들이 일을 시작하는 아침 여섯시부터 퇴근하는 다섯시까지. 새

이웃이 준 화장실 휴지를 거의 다 쓸 무렵 공사는 마무리됐다. 한 골목에서 마주쳐도 인사도 없이 지냈다. 상황이 나빠진 건 지난달 그 집주인 여자가 정장 재킷의 수선을 맡기고 나서였을 것이다. 뒷목선과 허리 라인을 줄이는 작업이었다. 시간이 많이 걸렸고 완성된 옷을 입어본 여자는 만족한 표정으로 값을 지불하고 갔다. 이튿날 여자가 옷을 다시 들고 와 말했다. 여기 라벨이 없어졌네요. 정미는 아차 싶었지만 가게 구석구석을 털어내듯 뒤져봐도 명함 사이즈만 했던 라벨은 찾을 수 없었다. 뒤판을 줄일 때는 중심 절개선을 기준으로 목 부분을 뜯어내야 하기 때문에 라벨도 얄얄이 분리해놓아야 한다. 그런 경우 마지막에 빼놓지 않고 해야 할 일이 바로 라벨을 제 위치에 다시 달아주는 거였다. 변명의 여지가 없는 일이었다. 옆집 여자는 한마디만 하고 돌아섰다. 하긴 그게 어떤 브랜드이기나 한지 어떻게 알겠어요.

코트 주머니에 손을 찔러 넣고 정미는 천변 산책로를 걸었다. 한파가 시작된 후부터 자전거 타는 사람들도 부쩍 줄어들었다. 어제까지만 해도 낮 기온도 영하였고 정미도 시장에 가서 장을 봐오는 걸로 산책을 대신했다. 수선실에서 오래 일하는 시간이 중요한 만큼 좁은 그 공간에서 벗어나 있는 때도 필요했다. 아무 일이 없어도 하루에 몇 분쯤은 걷고 손님들과 말도 주고받고 식욕이 없어도 밥을 챙겨 먹는다. 그저 엎드려 사는 기분만으로는 버틸 수가 없으니까. 엄마와 정욱이 꿈에 보일 때가 많았다. 아버지도 그러냐고 물어본 적은 없었다. 정미는 대신 겨울 운동화 한 켤레를 새로 샀고 하루에 삼십 분씩 천변을 걷는다. 지금은 황량해도 봄이면 몇 년 전부터 구청에서 씨를 뿌린 쑥부쟁이며 차조기가 올라오고 벚꽃이 피는 길이었다. 벚꽃이 만발할 때는 각지에서 상춘객들이 몰려든다. 특히 천변 길을 따라 가을에 피어나는 진노랑, 다홍의 선명한 코스모스들을 정미는 좋아했다.

천변 맞은편 아파트촌에서 하나둘 불이 켜졌다. 이 동네로 이사 왔을 때 아버지는 낚싯대를 챙겨와 몇 시간이나 천변에 앉아 있었다. 낚시를 하는 사람은 아버지밖에 없었고 낚시가 허용된 곳인지 아닌지 몰라 정미는 초조했다. 그날 역시 빈손으로 낚시를 접은 아버지는 말했다. 낚싯대 끝에 글쎄 수면에 거꾸로 비친 아파트 옥상이 드리워지더구나. 그 소리가 아버지의 다 벗어진 정수리를 볼 때처럼 어딘가 모르게 쓸쓸하게 들렸다는 건 지금의 기억 때문일까. 정미는 주머니에서 휴대전화를 꺼냈다. 신호가 가도 통화가 연결되는 경우는 드물었다. 다시 해야지 싶을 때쯤 전화가 걸려올 때도 있지만. 사흘 전인가 아버지와 통화했다. 통화 말미에 아버지는 비나 좀 시원하게 쏟아졌으면 좋겠다고 말했다. 비는 왜요? 쓰레기 때문에. 쓰레기요? 어, 그런 게 좀 있다. 별일 없지? 라고 묻고 아버지는 정미가 대답도 하기 전에 전화를 끊었다. 정미가 알기로 당분간 비 예보는 없었다.

세무소 직원식당에서 점심으로 백숙이 나왔다. W물산에서 일주일 동안 구의 아파트 경비원들과 환경미화원들에게 무료로 점심을 제공하고 있었다. 세무소 직원들이 식당을 이용해야 하는 시간 앞뒤는 피해야 했다. 백숙을 좋아하지 않는 윤씨는 깍두기 국물에 밥을 말았다. 소한이었다. 눈이 많이 오는 고향에서는 인적이 끊길 때를 대비해 먹을거리를 쌓아두곤 했다. 신김치를 숭덩숭덩 썰어 넣고 끓인 두부찌개 생각이 났다. 희끔하게 분이 난 곶감이 먹고 싶어졌고 얼음을 띄운 수정과 한 그릇도 마시고 싶었다. 윤씨는 수저를 내려놓았다. 요즘 들어 자주 옛날 생각이 났다. 이제 가봐야 아무도 없는 데였다. 수령이 오래된 느티나무만은 아직 남아 있을지 모르지만.

더 먹으라고 함께 온 경비원들이 채근했다. 셋이서 무슨 이야기들을 나누고 있었는지 생활이라는 말이 귀에 들어왔다. 글쎄, 생활이라는 말을 들으면 뭐가 떠오르느냐고, 아파트 애들이 와서 그런 걸 묻더라고. 학교 숙제라나 뭐라나. 그래서 박씨가 인터뷰를 했나, 애들하고? 그랬지. 뭐가 떠오른다고 했는데? 쪼들리다. 뭐, 그 말밖에 떠오르는 게 없다고 했지. 에이, 그래도 초등학교 애들한테. 그러는 양씬 무슨 말이 떠오르는데? 거 뭐냐, 어려워지다? 꾸리다? 허, 그거 보라고, 거기서 거기라니까. 윤씨는? 얼른 생각이 안 나는데. 그게 뭐 어렵나. 책임지다, 라고 말할까 망설이다가 윤씨는 펴지다, 라고 대꾸했다. 어, 그거 듣던 중 제일 힘이 나는 말일세. 동료들이 왁자하게 웃었다. 말이야, 나 같으면 빨랫감 같은 거라고 대답했을 거 같네. 오십 중반부터 홀아비로 지낸다는 앞 동 방씨가 운을 떼었다. 빨랫감이라니? 그 집은 매일매일 빨랫감이 나오지 않나? 어느 날은 양말짝만 한 게 나오고 어느 날은 이불만 한 게 나오고. 매일 끝도 없이 나온단 말이지, 혼자 사나 둘이 사나. 꼭 매일매일의 걱정거리처럼 말야. 자네 집은 안 그런가? 사는 게 원래 그런 거 아니겠나. 빨랫감처럼 걱정거리가 생기고. 그럼 요즘은 뭔가? 이건 빨랫감 정도가 아니라 전쟁이지 전쟁. 종이 꽃가루 전쟁? 아, 맞네 맞아. 제길, 이놈의 것 치워도 치워도 끝이 없어. 불꽃놀이라고 그랬나, 원 본 사람 따로 있고 치우는 사람 따로 있네그려. 그나저나 언제쯤 끝나려나. 자, 그만 슬슬 가볼까. 또 미친 듯이 쓸어내보자고.

새해가 시작된 후로 경비초소에서 잠시라도 한가하게 텔레비전이나 라디오를 틀어놓고 있을 짬이 없었다. 아직도 종잇조각들을 치우는 일이 급선무였고 일이 커지자 W물산 직원들까지 동원된 상태였다. 불꽃놀이를 준비했던 W물산 측은 결국 사과문을 냈다. 물에 녹는 종이 꽃가루를 썼고 발사 후 타워를 둘러싼 호수로 떨어져 녹을 거라고 예상했다고 했다. 행사 당일, 강한 남서풍이 불지도 몰랐고 또 꽃가루가 그렇게 멀리 날아갈 거라고는 예측하지 못했다고. 동료들 말에 의하면 불꽃과 함께 뿌려진 종이 꽃가루의 양이 2.5톤이나 된다고 했다. 십오 킬로미터 정도 떨어진 신도시까지 날아갔다는 말은 사실인데도 믿기 어려웠다. 민원 때문에 구청 홈페이지가 마비될 정도였고 기자들까지 찾아온 모양이었다. 전문가들은 종이 꽃가루가 날아갈 수 있는 반경을 고려하지 않은 관계자들의 실수를 지적했다. W물산 관계자들이 종이 꽃가루가 친환경 소재로 만들어져서 인체에 해를 끼치지 않을 거라고 주민들을 안심시켰지만 그것 또한 대기가 건조한 겨울에 사용한 점이 잘못이며 게다가 올겨울 내내 지속되고 있는 건조주의보를 무시했다는 비난이 쏟아졌다.

십 분 동안의 화려한 새해맞이 불꽃놀이가 경비원들한테는 뜻하지 않은 일거리를 뿌렸고 할 수 있는 선택이란 두 가지가 있었지만 입장에 따라 한 가지나 마찬가지일지도 몰랐다. 비가 쏟아져서 종이 꽃가루가 녹기를 기다리거나 헛수고처럼 쓸고 또 쓸어내거나. W물산에서도 직원들이 종이 수거에 나섰어도 아파트 안은 경비원들 몫이었다. 경비원 숫자가 줄어도 청소 구역이 줄지 않는 것처럼 종잇조각을 치우는 일도 그래 보였다. 물에 녹는 종이라는데 비는 오지 않고 치우고 돌아서면 또 어디선가 종잇조각들이 바람을 타고 끈질기게 날아왔다.

경비초소에서 윤씨는 패딩점퍼를 벗어 옷걸이에 걸고 작업복으로 갈아입었다. W물산에서 나눠준 패딩점퍼는 너무 길어서 일하는 데 거추장스러웠다. 여느 때 같으면 순찰을 돌 시간이었다. 순찰 시간도, 하루에 여섯 시간 무급으로 쓰게 돼 있는 휴게 시간 모두 종잇조각을 쓰는 데 바치고 있었다. 그렇다고 일지에 휴게 시간을 쓰지 않았다는 기록을 사실대로 남길 수도 없었다. 해고 걱정도 종잇조각 같았다. 사라지지도 지금으로서는 없앨 방법도 없는. 윤씨는 휴대전화를 확인했다. 딸에게 두 번인가 부재중 전화가 와 있었다. 통화한 게 어제 같은데. 혹시 집에 호스 있느냐고 딸이 물은 게 떠올랐다. 갑자기 호스는 왜? 그냥 좀 쓸 데가 있어서요. 집에는 없고, 아파트 관리창고에서 찾아보겠다고 했다. 딸은 무슨 말인가 하려는 듯 머뭇거렸고 윤씨는 못 들은 척 전화를 끊었다. 다시 태어난다면 자식들하고 자연스럽게 대화하는 방법을 터득할 수 있게 될까. 아내와도 마찬가지였다. 이야기가 시작되는가 싶으면 곧장 불만이나 불평으로 이어지곤 했고 서로 나이가 들수록 그랬다. 딸에게 그런 퉁명스러운 노인으로만 비춰질까 봐 긴말은 일단 피하고 본다. 지금은 서로에게 어떤 불편도 끼치지 않고 지내는 편이 낫고 앞으로도 그럴지 몰랐다. 호스를 찾아보겠다고 했는데, 그럴 여유가 좀처럼 나지 않는다.

털모자를 눌러쓰고 윤씨는 싸리비 대신 긴 집게와 대용량 비닐봉지를 챙겨 아파트 뒤편 야산으로 향했다. 다른 동의 경비원들에게도 말해 옥상의 종잇조각들은 쓸어낸 상태였다. 높은 곳에 쌓인 쓰레기부터 처리하는 게 순서였고 이번엔 야산이 문제로 보였다. 보기 드물게 밤나무가 여러 그루 심어진 데지만 지난가을 작은 산불이 난 후로 출입은 통제하고 있었다. 기척이 없어서인가, 어째서 뱀 생각이 나는지 모르겠다. 뱀이 왜 밤나무를 싫어하는지도. 윤씨는 비척비척 산을 올랐다.

종이 꽃가루와 뒤섞인 채 쌓인 나뭇잎들이 발밑에서 조각조각 부서졌다. 골라내야 할 흰 종이들이 천지에 널린 듯 보였다. 윤씨는 자리에 쭈그리고 앉아 종잇조각을 쓰레기봉투에 담기 시작했다. 한계가 없는 일 같아 보여도 오늘은 이 일로 하루를 보낼 수 있다. 하루는 당연하게 주어지지 않고 언제 끝장나버릴지 아무도 장담할 수 없었다. 예보가 없어도 내일 당장 장대비가 쏟아질지, 기록적인 남서풍이 또 불어올지 누가 알 수 있단 말인가. 아내와 아들이 처음 함께 간 여행지에서 그런 참변을 당할 거라고 그 누구도 알아차리지 못한 것처럼. 윤씨는 한차례 몸을 부르르 떨고는 내일 퇴근 후의 아침을 떠올린다. 집에 가서 반나절 잠을 푹 자고 일어나 방씨 말마따나 걱정거리처럼 매일 나온다는 빨래를 널어놓고 간소한 술상을 차려 가족들이 싸우고 오해하고 울고 그래도 함께 모여 밥을 먹는 드라마를 볼 수도 있다. 격일마다 아무나 그런 하루를 보낼 수 있는 건 아니지 않은가.

윤씨는 허리를 두드리며 사위를 둘러보았다. 추위 때문인지 눈 주위가 시큰하고 얼얼해지는 듯했지만 지금은 여기가 적당한 자리처럼 느껴졌다. 주변을 의식할 필요는 없었다. 고개를 끄덕거리며 윤씨는 자신의 오늘을 자디잔 쓰레기 종이로 뒤섞인 그 야산에 거듭 펼쳐놓았다.

철물점에서 사온 12미터짜리 호스를 정미는 보일러실 안쪽에 세워두었다. 온수가 얼어붙은 지 이틀째였다. 물이 졸졸

흐르도록 온수를 틀어놓는다는 걸 또 잊어버렸다. 지지난 겨울까지만 해도 온수가 녹을 동안 호스를 옆집 일층 세탁실 수도꼭지로 연결해 물을 빌려 쓰곤 했다. 그것도 오래 이웃했던 옆집이 이사 가기 전까지였고 지난해는 온수가 얼 정도의 강추위는 없었다. 새로 이사 온 옆집 주인여자에게 호스의 한끝을 내밀 수 있을까. 정미는 가스레인지에 솥을 올려놓고 물을 끓였다. 그 물을 아껴 머리를 감고 물수건을 만들어 몸의 접히는 부분만 우선 씻었다. 며칠 안에 온수가 녹는다면 아쉬운 대로 당분간은 이렇게 지낼 수 있을 것 같았다. 옆집에서 마지막으로 온수를 끌어다 썼을 때는 지금처럼 혼자가 아니었다. 둘둘 만 호스를 동네 철물점에서 들고 오는 길에 문득 삼사 년 전쯤 마지막으로 떠난 남자가 한 말이 떠올랐다. 사람과 살기에 문제가 좀 있지, 윤정미 씨란 여자. 그에게 그 말을 하는 이유가 무엇인지 물어봤을 수도 있을 텐데. 사람과 살기에 문제가 없어 보이려면 어떻게 해야 하는지, 자신은 무엇과 살 수 있는 사람인지 간혹 혼자 묻다가 정미는 그만두었다. 어쩌면 그 말은 자신을 밀어뜨리려는 말과 같을지 모르니까.

옆집 초인종을 눌렀다. 주인집 여자가 털 슬리퍼를 끌고 계단을 내려왔다. 정미는 여자에게 지난번 맡긴 패딩의 목둘레를 따라 지퍼 안쪽에 든 내지 후드 천을 써도 되겠느냐고 물었다. 그 천을 쓰면 후드는 쓰지 못하게 된다. 여자는 그러세요, 했다. 그을린 자국을 수선할 수 있다면. 여자 옷의 라벨을 잃어버린 실수가 아니었으면 물어보지 않고 수선했을 텐데. 저기요, 정미는 다시 말을 건넸다. 그럼 내일 찾으러 오라고, 그때까진 수선해놓겠다고. 옆집 여자가 웃는 얼굴로 말했다. 내일은 일요일이니까 월요일에 찾으러 갈게요. 여자는 덧붙이고 돌아섰다. 남편이 좋아하는 옷인데 수선이 가능해서 다행이라고. 여자가 웃자 웃지 않을 때보다 더 나이 들어 보였고 자연스럽게 느껴졌다. 며칠 후라도 여자에게 호스의 한끝을 내밀며 아쉬운 소리를 해도 될지 모른다는 기대감이 생길 만큼.

골목 위쪽에서 택배 차가 내려오다 멈췄다. 한 청년이 무거워 보이는 택배 상자를 들곤 정미 이름을 불렀다. 발신인이 아버지로 돼 있었다. 정미는 사인을 하고 상자를 받으려고 했다. 무거워서요. 청년이 상자를 가게 안으로 들여놔주고 갔다. 잊은 줄 알았더니 생일선물로 뭘 보내신 걸까. 그런 일은 지금까지 한 번도 없었던데다 박스에 인쇄된 내용물과 축축한 귀퉁이를 보다가 정미는 커터칼로 테이프를 갈랐다. 비닐을 풀기도 전에 냄새가 훅 끼쳤다…… 참, 아버지도. 정미는 팔짱을 낀 채 이십 포기쯤 돼 보이는 절임 배추를 물끄러미 내려다보았다.

돋보기를 끼고 신사용 패딩 목둘레 안쪽에서 내지 후드 천을 꺼내 가위로 조심스럽게 잘라냈다. 불에 그을려 거위털이 비어져 나온 부분에 응급처치로 붙여둔 테이프를 떼고 손바닥만 한 자국만큼 후드 천을 덧대 수선 부분을 박았다. 노루

발의 시침 땀 간격을 좁게 조절했다. 정미에게 재봉을 가르칠 때 엄마는 옷본들 모양으로 오린 신문지를 주고는 박음질 연습을 시켰다. 얼마나 섬세해야 하든 박음질에서만큼은 실수하지 않게 되었다. 엄마를 엄마가 아닌 사람으로 만났다면 더 잘 지낼 수 있었을지도 모른다는 생각이 들 때가 있다. 잡념을 털어내느라 정미는 속도를 내서 재봉틀을 돌린다. 패딩 오른쪽 밑단에도 왼쪽 덧붙인 부분처럼 박음질했다. 균형이 맞춰졌고 수선의 흔적은 찾아보기 힘들다. 옷에 붙은 먼지를 털어내고 비닐 커버를 씌워 옷걸이에 걸었다. 똑같은 원단이 없으면 안 되는 수선도 더러 있었다. 그럴 땐 어떻게든 수선할 그 옷 자체에서 같은 원단을 구하는 게 중요했다. 그리고 봉합흔을 잘 숨기는 것. 그것도 기술이라면 기술이었다.

아버지한테 걸려온 전화를 받을 때 정미는 반사적으로 벽시계를 봤다. 이런 이른 오후에 전화를 해오는 경우는 드문 일이다. 순찰을 돌 시간이거나 휴무라면 집에서 밀린 잠을 잘 시간인데. 정미는 얼른 네, 저예요, 했다. 별일 없냐고 아버지가 물었다. 그럼요, 아버지는요? 저기, 큰애야…… 아버지는 잠시 뜸을 들였고 그 몇 초의 시간이 정미에게 얼마나 길게 느껴질지 모를 것이다. 정미는 재촉하지 않았다. 지금 아버지는 전화를 걸 수 있는 상황이고 자신의 상태에 대해서 말할 수도 있는 정도니까. 나쁘지 않다. 아니, 괜찮다고 정미는 가슴을 쓸어내리고 싶었다. 아버지는 망설이다가 오른쪽 다리 골절로 지금 입원했다고 말했다. 정미는 곧장 못마땅해지려고 했다. 아버지가 성가신 일을 만들어서 미안하다는 어조로 말했으니까. 아버지가 근무하는 아파트 쪽에서 가까운 병원이었다. 이 주 동안은 꼼짝 못한다고 하는구나. 아버지는 잘못을 비는 사람같이 말했다. 정미는 아버지 집에 들러 갈아입을 옷가지를 챙겨서 가겠다고 했다. 정말 올 거냐? 그럼요. 그래, 그럼. 네, 기다리시라니까요. 아버지가 자신을 기다리지 않을지도 몰라 정미는 버럭 큰소리로 말하곤 전화를 끊었다.

가게 문을 닫아걸기에는 이른 시간인데다 병원에 갔다 오늘 내로 돌아오지 못할 수도 있었다. 정미는 작업대를 정리했다. 온풍기를 끄고 다리미 전원도 껐다. 라디오를 끄려고 할 때 세시 뉴스가 끝나려는지 일기예보가 나왔다. 내일 저녁에 비 소식이 있다고 했다. 해갈에 도움을 줄 정도는 아니지만 모처럼 건조한 대기를 가라앉힐 만한 비가 내릴 거라고. 정미는 라디오를 껐다. 옷을 갈아입고 가방을 챙겼다. 가게 미닫이문을 열다 말고 다시 들어와 종이 한 장을 찾아 작업대에 올려두었다. 적당한 말이 떠오르지 않았다. 혼자 병실에 누워 있을 아버지가 생각났다. 정미는 검은색 매직으로 또박또박 썼다. **가정 사정으로 쉽니다.** 가게 문을 닫고 셔터를 내리고, 그 위에 안내문을 붙였다. 바람에 테이프가 떨어져 나갈지 몰라 손바닥으로 판판히 문질렀다. 아버지에게 비 예보를 전해드려야지. 그보다 먼저, 아파트 야산에는 왜 올라가셨는지 싫은 소리부터 할지도 모르지만. 그늘진 골목을 정미는 빠른 걸음으로 내려갔다.